कादम्बरी देवी का सुसाइड नोट

रवीन्द्रनाथ ठाकुर की भाभी का अन्तिम पत्र

रंजन बंद्योपाध्याय

अनुवाद

शुभ्रा उपाध्याय

राजकमल पेपरबैक्स

मूल बांग्ला कृति 'कादम्बरीदेवीर सुसाइड-नोट : रवीन्द्रनाथेर नोतुन बोउठानेर शेष चिठि' का हिन्दी अनुवाद

राजकमल पेपरबैक्स में
पहला संस्करण : 2022
दूसरा संस्करण : 2024

राजकमल पेपरबैक्स : उत्कृष्ट साहित्य के जनसुलभ संस्करण

राजकमल प्रकाशन प्रा.लि.
1-बी, नेताजी सुभाष मार्ग, दरियागंज
नई दिल्ली-110 002
द्वारा प्रकाशित

शाखाएँ : अशोक राजपथ, साइंस कॉलेज के सामने, पटना-800 006
पहली मंजिल, दरबारी बिल्डिंग, महात्मा गांधी मार्ग, प्रयागराज-211 001
1, अनमोल सोराबजी संतुक लेन, धोबी तलाव, मरीन लाइंस, मुम्बई-400 002

वेबसाइट : www.rajkamalprakashan.com
ई-मेल : info@rajkamalprakashan.com

विकास कंप्यूटर एंड प्रिंटर्स
ट्रॉनिका सिटी-201 102
द्वारा मुद्रित

मूल्य : ₹199

KADAMBARI DEVI KA SUICIDE NOTE
Novel by Ranjan Bandyopadhyay
Translated by Shubhra Upadhyaya

ISBN : 978-93-94902-21-3

रंजन बंद्योपाध्याय

महत्त्वपूर्ण बांग्ला उपन्यासकार रंजन बंद्योपाध्याय का जन्म 15 सितम्बर, 1941 को हुआ। कोलकाता के स्कॉटिश चर्च कॉलेज में अंग्रेज़ी भाषा और साहित्य के व्याख्याता के रूप में उन्होंने अपने पेशेवर जीवन की शुरुआत की। सोलह साल तक अध्यापन करने के बाद 1980 के दशक में पत्रकारिता के क्षेत्र में कदम रखा और 'आजकल' अखबार में सह-सम्पादक बने। इसके बाद 'आनन्द बाजार' और 'संवाद प्रतिदिन' में भी सह-सम्पादक रहे। उनकी प्रमुख कृतियाँ हैं—'कादम्बरी देवीर सुसाइड-नोट', 'आमि रवि ठाकुरेर बोउ', 'पुरोनो सेई पूजोर कथा', 'रवि ओ रानूर आदरेर दाग', 'प्राणसखा विवेकानन्द', 'प्लाता नदीर धारे', 'रस', 'मणिकांचन', 'म प्रियोतमासु', 'नष्ट पुरुष शरतचन्द्र' आदि।

शुभ्रा उपाध्याय

हिन्दी-बांग्ला की सुपरिचित लेखक और अनुवादक शुभ्रा उपाध्याय का जन्म 19 फरवरी, 1970 को हुआ। उन्होंने कलकत्ता विश्वविद्यालय से एम.ए., पी-एच.डी. की डिग्री ली है। उनकी प्रकाशित कृतियाँ हैं—'अन्तराल', 'कतरा-कतरा जिन्दगी' (कहानी-संग्रह); 'समानान्तर चलती एक लड़की' (कविता-संगह); 'अज्ञेय की कहानियों का पुनर्पाठ', 'अपने-अपने अज्ञेय' (सम्पादित)।

सम्प्रति : वे खुदीराम बोस सेंट्रल कॉलेज, कोलकाता में एसोसिएट प्रोफेसर हैं।

ई-मेल : dr.shubhra95@gmail.com

प्रिय बन्धु प्रिय लेखक
समरेश मजूमदार को

स्वर्णजयन्ती संस्करण पर विशेष निवेदन

15 जनवरी, 2012 को जब इस किताब की भूमिका लिखी तब यह कल्पना भी नहीं कर सकता था कि 21 अप्रैल, 2015 अर्थात कादम्बरी देवी की 131वीं पुण्यतिथि पर इस किताब का 50वाँ संस्करण प्रकाशित होगा। मैं अपने पाठक-पठिकाओं का कृतज्ञ हूँ। बन्धु त्रिदिव चट्टोपाध्याय के प्रति कृतज्ञता प्रकट करता हूँ जो मेरी सभी किताबों के प्रबुद्ध प्रचार और प्रसार के लिए हमेशा सचेष्ट रहे हैं।

—रंजन बंद्योपाध्याय

प्राक्कथन

महज पचीस वर्ष की उम्र में रवीन्द्रनाथ की भाभी—जिन्हें वे नोतुन बोउठान कहते थे। कादम्बरी देवी ने आत्महत्या कर ली थी। कहा जाता है कि आत्महत्या के कारण बताते हुए उन्होंने एक सुसाइड नोट भी लिखा था। वह चिट्ठी अथवा नोट एवं आत्महत्या के अन्य सभी प्रमाण देवेन्द्रनाथ ठाकुर की अनुलंघ्य आज्ञा के अनुसार मिटा दिए गए थे। कादम्बरी के जीवन के अन्तिम दिन की कोई खबर किसी के पास से नहीं मिली। विष खाने के बाद आसन्न मृत्यु की छाया में वे दो दिन तक जीवित थीं। वे दो दिन भी बहुत दिनों तक गायब रहे। अब हम जान पाए हैं उन दो दिनों की कहानी, किन्तु अत्यन्त अस्पष्ट।

ज्योतिरिन्द्रनाथ ठाकुर की पत्नी, रवीन्द्रनाथ की नोतुन बोउठान कादम्बरी ने, रवीन्द्रनाथ के विवाह के चार माह पश्चात ही आत्महत्या क्यों की थी? किस प्रकार किसने अथवा किन लोगों ने उनके जीवित रहने के रास्ते बन्द कर दिए थे? ठाकुरबाड़ी की बहू होकर आने के बाद कैसा बीत रहा था उनका जीवन?

ठाकुरबाड़ी के महिला-महल ने उन्हें स्वीकार क्यों नहीं किया? किन लोगों के दुश्चक्रों का शिकार हुई थीं वे? क्या रवीन्द्रनाथ उन्हें आत्महत्या करने से रोक सकते थे? अथवा रवीन्द्रनाथ के साथ कादम्बरी के सम्बन्धों ने ही कादम्बरी के लिए ऐसी विवशतापूर्ण स्थिति तैयार की थी? आत्महनन के सिवा क्या कोई दूसरा उपाय न था उनके पास?

इस उपन्यास को लिखने तक एक प्रश्न मुझे अहरह विमूढ़ करता रहा—क्या लिखा था कादम्बरी देवी ने अपने सुसाइड नोट में? क्या लिख सकती थीं वे? किसे सम्बोधित करके वे अपना सुसाइड नोट लिखतीं?

मैंने मान लिया कि कादम्बरी देवी का वह सुसाइड नोट उनकी आत्महत्या के एक सौ सत्ताईस वर्ष बाद अचानक मिल गया। उसे रवीन्द्रनाथ ने आग में भस्म नहीं होने दिया। यह भी मान लिया कि उस झुलसे सुसाइड नोट को अन्ततः पढ़ा भी गया!

15 जनवरी, 2012
कोलकाता

—रंजन बंद्योपाध्याय

कादम्बरी देवी

19 अप्रैल, 1884; ज्योतिरिन्द्रनाथ ठाकुर की पत्नी, रवीन्द्रनाथ ठाकुर की नोतुन बोउठान—नई भाभी—ने आत्महत्या की कोशिश में अफीम खा लिया। दो दिन बाद, 21 अप्रैल को उनकी मृत्यु हो गई।

इन दो दिनों में मृत्यु से किस तरह जूझ रही थीं कादम्बरी देवी? उनकी अन्तिम चिकित्सा के लिए पहले दिन ही साहेब डॉक्टर डी.वी. स्मिथ आए थे। 400 रुपए खर्च करके उन्हें लाया गया था, चेक के जरिये भुगतान हुआ था। उसके पश्चात 25 रुपए की औषधि आई। घर में तो साहेब डॉक्टर को ठहराया नहीं जा सकता था। किन्तु कादम्बरी देवी की दशा क्रमशः बिगड़ती जा रही थी। उनका श्वास कष्ट बढ़ता जा रहा था। उनकी मूर्च्छा और भी गहराती जा रही थी। अधिक भय तो रात के समय था। उस समय तुरन्त डॉक्टर पाना आसान नहीं होता। इसलिए साहेब डॉक्टरों की सलाह से इलाज जारी रखते हुए भी रात के पहर दो बंगाली डॉक्टर घर में बुलाकर रखे गए—नीलमाधव हालदार

और सतीशचन्द्र मुखोपाध्याय। तीसरे तल्ले की कोठरी में कादम्बरी देवी को रखा गया था। इस कोठरी में कोई भी नहीं रहता। अत: कोठरी में रोशनी का इन्तजाम नहीं था। उस कोठरी के लिए डेढ़ रुपए खर्च करके बत्ती मँगवाई गई। बत्ती के प्रकाश में चित लेटी हुई थीं कादम्बरी। उनके शरीर से प्राण ऊर्जा क्रमश: लुप्त होती जा रही थी। दशा बिगड़ते ही और एक बड़े डॉक्टर आए—भगवतचन्द्र रुद्र। ये भी रात के समय रुके। इतने बड़े-बड़े डॉक्टरों के लिए दोनों जून महाभोज की व्यवस्था 'विलसन होटल' से की गई। किन्तु इनकी सम्मिलित कोशिशों को व्यर्थ सिद्ध करती हुई 21 अप्रैल, सोमवार की सुबह कादम्बरी देवी की मृत्यु हो गई। ज्योतिरिन्द्र-रवीन्द्र के अत्यन्त प्रभुत्वशाली पितृदेव गृहस्वामी, देवेन्द्रनाथ ठाकुर के कठोर आदेशानुसार आत्महत्या के सभी प्रमाण नेस्तनाबूद कर दिए गए। घूस देकर समाचार-पत्रों के मुँह बन्द कर दिए गए। किसी भी समाचार-पत्र में कादम्बरी की मृत्यु का समाचार प्रकाशित नहीं हुआ। उनका पार्थिव शरीर 'मॉर्ग' (मुर्दाघर) नहीं भेजा गया, इसके पीछे की वजह यह आशंका थी कि कहीं वहाँ से उनकी अस्वाभाविक मृत्यु की खबर न फैल जाए?

जोड़ासाँका की ठाकुरबाड़ी में ही देवेन्द्रनाथ के हुक्म से 'कारोनार कोर्ट' (कोर्ट ऑफ कॉज) की गुप्त बैठक हुई थी। उस पराक्रम पुरुष के परदे के पीछे से रहकर किए गए प्रयासों के कारण रिपोर्ट भी 'गायब' हो गई।

कादम्बरी देवी की अन्त्येष्टि क्रिया अवश्य 'काठ-खाट-घृत-चन्दन-धूना' के सहयोग से नीमतल्ला श्मशानघाट में पंडित

हेमचन्द्र विद्यारत्न के तत्त्वावधान में पूर्ण हुई थी। वहाँ रवीन्द्रनाथ उपस्थित थे। अनुपस्थित थे ज्योतिरिन्द्रनाथ।

कादम्बरी की आत्महत्या के बाद ही सत्येन्द्रनाथ ठाकुर की पत्नी मझली बहू ठकुरानी ज्ञानदानन्दिनी देवी और ज्योतिरिन्द्रनाथ जहाज से घूमने गए। उन लोगों ने रवीन्द्रनाथ को भी साथ में लिया।

कादम्बरी देवी ने आत्महत्या क्यों की? कौन-सी वेदना थी उनकी? वह बात क्या उन्होंने अपने सुसाइड नोट में लिखी थी? वह सुसाइड नोट एक सौ सत्ताईस वर्ष लापता रहा। सम्प्रति वह मिल गया है!

ठीक, सुसाइड नोट भी नहीं। एक लम्बी चिट्ठी। चिट्ठी का सर्वांग आग में झुलसा हुआ है। पूरी चिट्ठी ठीक से पढ़ी भी नहीं जा सकती।

झुलसती चिट्ठी को आग की लपटों से किसने बचाया था? रवीन्द्रनाथ ने?

पिता की आज्ञा को अमान्य करके?

बड़ी तकलीफ से उस झुलसी चिट्ठी के करुण अक्षरों को पढ़ना अन्ततः सम्भव हुआ है।...

प्राणों से प्रिय रवि,

यह मेरे जीवन के अन्तिम दिन की सुबह है। पूरब का आकाश धीरे-धीरे लाल हो रहा है। आजकल तुम्हें सोकर उठने में जरा देर हो जाती है। यह स्वाभाविक भी है। तुम्हारे विवाह को मात्र चार महीने ही तो हुए हैं।

पहले तो सूर्योदय से पहले तुम उठ जाते थे। तुम्हारे प्रात:काल के गाने से ही मेरी नींद टूटती थी। हम एक साथ नन्दनकानन में जाते थे। मेरे कक्ष के पास छत पर एक साथ हमने जिस उपवन को लगाया था, तुमने उसका नाम 'नन्दनकानन' रखा था। और फिर एक दिन उसी उपवन में भोर की प्रथम रश्मियों के साथ मुझे चूमते हुए तुमने पूछा था—'नोतुन बोउठान, नाम तुम्हें पसन्द है ना?' मेरा पूरा शरीर उस समय रोमांचित हो गया था और हृदय भय से धक्-धक् कर रहा था।

'ठाकुरपो—देवर जी—ऐसा दुस्साहस अच्छा नहीं है, किसी ने देख लिया तो क्या होगा जानते हो?' मैंने कहा।

तुम्हारी उम्र तब उन्नीस वर्ष की थी। तुम अभी-अभी विलायत से लौटे थे। मैं इक्कीस की थी।

तुमने हँसकर उत्तर दिया था, 'यह तो नन्दनकानन है। मृत्युलोक की दृष्टि यहाँ तक नहीं पहुँचती है, नोतुन बोउठान।'

मैंने कहा, 'तुम्हारे साथ बातों में मैं पार नहीं पा सकती रवि। किन्तु तुम्हारा और मेरा सम्पर्क तो सिर्फ हमारा है, उसे तुम उजागर न करो। मुझे डर लगता है।'

'किस बात का डर?'

'तुम्हें खो देने का डर। इस घर में तुम्हारे सिवा मेरा और कोई दोस्त नहीं है। एकमात्र सखा तुम हो। कोई भी किसी का मन इस घर में नहीं समझता। केवल तुम मेरे मन को समझते हो।'

'तुम सोचती हो कि मैं तुम्हारे मन को समझता हूँ। किन्तु कोई भी, क्या सचमुच किसी के मन को समझ सकता है नोतुन बोउठान? थोड़ा-बहुत हो सकता है अनुभव कर सकता हूँ। किन्तु तुम्हारा सम्पूर्ण मन—असम्भव, असम्भव।'

ठाकुरपो, तुम्हारी ऐसी बातों से मुझे बहुत तकलीफ होती है। ये सब तुम्हारी बनाई बातें हैं। अपना सम्पूर्ण मन तो तुम्हें दे दिया है ठाकुरपो! किसी के लिए कुछ भी नहीं बचा रखा। उसी मन को तुम सम्पूर्ण नहीं समझते! तुम जब मेरी आँखों में देखते हो, मैं जानती हूँ, तुम मेरे हृदय की व्यथा को महसूस करते हो। तुम जानते हो, मेरी तकलीफ को, मेरी ज्वाला को।

तुम क्या सचमुच ही नहीं समझते ठाकुरपो कि हृदय में तुम्हारे लिए कितनी बेचैनी, कैसी पीड़ा मैं दिन-रात दबाकर रखती

हूँ? मैं जानती हूँ ठाकुरपो, तुम समझते हो। कम से कम एक दिन तो समझते थे...कुछ महीनों पहले तक...

तुम ही तो मेरे बचपन के क्रीड़ा-संगी हो।

रवि, तुम्हें सदा-सर्वदा के लिए छोड़ जाने से पहले मन की बातें बता जाना चाहती हूँ। इन बातों में झूठ का लेशमात्र भी नहीं है। मैंने बनाकर बातें करना नहीं सीखा है।

तुमको, सिर्फ तुमको ही प्यार किया है।

तुम्हारे जैसा अन्य कोई पुरुष मैंने देखा ही नहीं है ठाकुरपो। रूप, गुण, गान और प्राणों के प्लावन में तुम अनन्य हो।

तुम्हारी यह पचीस वर्षीय बहू ठकुरानी तुम्हें हमेशा के लिए छोड़ जाने के पहले तुमसे कहकर जा रही है—इस संसार में तुम ही उसके एकमात्र सहारा थे। एकमात्र प्रणय-पुरुष।

ठाकुरपो, उस दिन चाँदनी रात थी। जोड़ासाँको वाले घर के छत पर केवल तुम थे और मैं थी। तुम गाना गा रहे थे। उस दिन मेरा मन ठीक नहीं था। तुमसे यह बात नहीं कही थी। तब भी तुम समझ गए थे मेरे मन का कष्ट। क्योंकि तुम मेरे मनमीत हो ठाकुरपो। मेरे कान के पास मुँह लाकर गम्भीर स्वर में तुम बोले—'नोतुन बोउठान, छोटे-मोटे दुखों की बात याद रखकर क्या होगा? भूल जाओ, सब भूल जाओ।'

'भूल जाओ कहने से ही क्या भूला जा सकता है? कितने दिनों का कितना अपमान, कितना कष्ट, वही नौ वर्ष की उम्र

में तुम्हारे घर की बहू बनकर आने के समय से ही सहन कर रही हूँ।' मैंने कहा था।

तुम मेरे हाथों पर हाथ रखकर उस सुनसान विशाल छत के एक कोने में बड़ी देर तक खड़े रहे। उसके बाद बोले, 'नोतुन बोउठान, ज्योति दादा, लगता है अभी भी नहीं आए हैं?'

'आजकल तुम्हारे ज्योति दादा के घर आने का कोई समय नहीं है। कब आते हैं कब जाते हैं, मुझसे मुलाकात ही कितनी देर की होती है। कल रात तो...'

'जानता हूँ, मझली बहू ठकुरानी के कक्ष में गाने-बजाने की महफिल जमी हुई थी। मैं भी था कुछ देर। ज्योति दादा ही तो उस महफिल के प्राण-पुरुष हैं, ज्योति दादा उस महफिल को छोड़कर नहीं आ पाएँगे, यह मैं समझ गया था।'

'ज्योति दादा के दिन-रात आजकल मझली बहू ठकुरानी के करीब ही कट रहे हैं।'

यह बात तुमसे कहने में मुझे बड़ी पीड़ा हुई थी ठाकुरपो। तुमने कोई उत्तर नहीं दिया था।

मैंने कहा, 'सिर्फ तुम्हारे लिए जीवित हूँ ठाकुरपो। मेरे जीवित रहने का और कोई कारण नहीं है।'

ठाकुरपो, यह बात सुनकर तुमने मेरी ओर देखा।

तुम्हारी आँखों में देखकर मुझे डर लगा।

मुझे याद आ रहा है चाँद के आलोक में तुम्हारा वह रूप!

मानो एक तरुण देवदूत। किन्तु तुम्हारी आँखों की दृष्टि ने मुझे शान्ति न दी। लगा, मेरा यह 'अन्तिम आश्रय' भी मुझसे

छिन जाएगा। ठाकुरपो, उस रात ज्योत्स्ना के प्रकाश में तुम्हारे वक्ष पर शीश रख मैंने फिर एक बार दृढ़ता से महसूस किया कि तुम मेरे जीवन से चले गए तो मैं बचूँगी नहीं, नहीं बच पाऊँगी।

तुमने मुझे कसकर जकड़ लिया। किन्तु उस आलिंगन में मुझे कोई आश्रय न मिला—जो आश्रय मैं पाना चाहती थी। मैं रो-रोकर तुम्हारे वक्ष को भिगो रही थी। चाँदनी मेरी सिसकियों में विलीन हो रही थी।

तुम्हारी ओर मुँह उठाकर देखा, तुम्हारी आँखों में भी आँसू थे—वही पहली बार तुम्हारी आँखों में आँसू देखा था ठाकुरपो। चाँद के आलोक में जबरन रोकी गई तुम्हारी रुलाई झिलमिला रही थी। मैंने कहा, 'ठाकुरपो, तुम्हारे लिए मेरे मन ने इतने दिनों से जो माला गूँथ रखी थी, आज इस चाँद को साक्षी मानकर मैंने वह माला तुम्हारे गले में पहना दी। तुम अपने जीवन में मुझे वरण कर लो।'

तुम्हारी आँखों के आँसू नि:शब्द मेरे कपाल, मेरे गालों और मेरे हृदय पर झरने लगे।

प्राणों से भी प्यारे ठाकुरपो, जीवन के इस अन्तिम दिन, तुम लोगों को छोड़कर चले जाने से पहले, ढेरों बातें याद आ रही हैं। कितनी बातें, स्मृतियाँ, हताशाएँ, अपमानजनित वेदना, एकाकीपन की पीड़ा—सब हृदय में जम गई हैं। कई बातें तो तुम भी नहीं जानते हो।

किन्तु मृत्यु जितनी ही निकट आ रही है, विदा के क्षणों को जितना ही करीब महसूस कर रही हूँ, उतना ही मन अस्त-व्यस्त होता जा रहा है। भावनाएँ सभी बिखरती जा रही हैं, उन पर से मेरा नियंत्रण क्रमश: छूटता जा रहा है। मन की ऐसी अवस्था में सब कुछ सजा-सँवार कर लिखना मेरे लिए सम्भव नहीं है ठाकुरपो। किन्तु फिर भी लिखना तो मुझे होगा ही। बिना लिखे भी मेरी मुक्ति नहीं है रे!

कहाँ से शुरू करूँ बोलो तो? 1859 की 5 जुलाई को अपने जन्म से? ठाकुरपो, क्यों तुम लोगों की तरह अभिजात धनी परिवार में मेरा जन्म नहीं हुआ? तब तो इतने अपमान नहीं सहने पड़ते न। किन्तु ठाकुरपो, मेरे अपमान की कहानी मेरे जन्म के पहले से ही शुरू हो गई थी। वह बात हो सकता है कि तुम्हें भी पता हो, किन्तु कभी भी, किसी भी तरह तुमने प्रकट नहीं किया कि शायद मुझे तकलीफ हो। एक दिन शयनकक्ष में दोपहर के समय मैं अकेली सोई हुई थी। मन में सिर्फ विगत कष्टों की बातें घुमड़ रही थीं। रुलाई किसी भी तरह मैं रोक नहीं पा रही थी। अचानक तुम आ गए। हाथों में तुम्हारे कविता की कॉपी थी। निश्चित ही कोई नया गीत अथवा कविता तुमने लिखी थी। मुझे सुनाना चाहते थे। उस दिन तक मैं ही तो सदा तुम्हारी प्रथम श्रोता रही थी। मेरी आँखों में जल देखकर तुम ठिठक गए। कॉपी को पलंग के पास की मेज पर रखकर मेरे पास बैठ गए। काफी देर तक मेरी आँखों की ओर ताकते रहे। मैंने धीरे से अपना हाथ तुम्हारे सीने पर रख दिया। ऐसा लगा,

जैसे मेरा अन्तर्मन जुड़ गया।

तुमने मेरे कपाल पर हाथ रखकर कहा, 'नोतुन बोउठान, पुरानी चिट्ठियों की तरह पुरानी तकलीफों को भी मटियामेट हो जाने दो।' वह क्षण आज जीवन के अन्तिम दिन बार-बार याद आ रहा है। ठाकुरपो, अब क्या कभी भी मेरे प्रति तुम्हारा वह प्रेम लौटकर नहीं आएगा। तुम्हारे साथ नन्दनकानन की वे सब निर्मल सुबहें, शयनकक्ष की वे सारी निस्तब्ध दोपहरियाँ, दक्षिणी बरामदे की ढेरों रंग-बिरंगी शामें, छत पर की स्निग्ध संध्याओं से लेकर मग्न रातें? फिर कभी नहीं होगा तुम्हारा मेरा समवेत कविता-पाठ, गीत गाना? तुम क्या एक बार फिर मेरे नहीं होओगे मेरे सभी निःसत्त्व के बीच? जो टूटा सो टूट ही गया?

ठाकुरपो, बातों ही बातों में सूत्र छोड़कर कहाँ चली आई! तुमको तो बता ही दिया है, मन बड़ा बेतरतीब होता जा रहा है। किसी भी तरह स्वयं को संयत नहीं कर पा रही हूँ। कहने जा रही थी अपने जन्म के पूर्व की कहानी। वह कहानी कहते-कहते कहाँ भटक गई। ठाकुरबाड़ी में, विशेषकर इस घर की महिलाओं के बीच, मेरा जो अपमान होता है उसके सूत्र को पकड़कर मेरे जन्म के पूर्व की घटनाओं को देखा जा सकता है—मेरा भाग्य उन सभी घटनाओं से जुड़ा हुआ है।

प्राणों से प्रिय रवि, ठाकुरबाड़ी की बहू होने से पूर्व तुम लोगों के लिए—नहीं-नहीं, तुम्हारे लिए नहीं, तुम तो मेरे प्रेम के

अधिकारी मानुष हो—और सबके लिए—विशेषकर तुम्हारे आई.सी.एस. सँझले दादा सत्येन्द्रनाथ ठाकुर और उनकी विलायत-रिटर्न पत्नी ज्ञानदानन्दिनी के लिए मेरा परिचय था, बाजार-सरकार (हाट-बाजार करनेवाले) श्याम गांगुली की तीन नम्बर कन्या। यह अवश्य ही मेरे विषय में अन्तिम सत्य न था। और भी कुछ है—मेरा जन्म एक ऐसे परिवार में हुआ, जिस परिवार का रहना-खाना ही जुटता था तुम लोगों अर्थात ठाकुरबाड़ी की दक्षिणा से।

मेरे पितामह जगन्मोहन गंगोपाध्याय एक गुणी संगीतज्ञ थे। यह बात तो तुम जानते ही हो ठाकुरपो। कितनी ही बार तुमने मुझसे कहा है कि मैंने गायन का कंठ अपने पितामह से पाया है। किन्तु उनके गुणों को अभिजात धनी ठाकुरबाड़ी में कभी भी स्वीकृति नहीं मिली। —क्योंकि वे गरीब थे, तुम लोगों की दक्षिणा पर आश्रित थे।

तुम लोगों ने ही उन्हें सर छुपाने के लिए एक घर दिया था। कलकत्ते के बदनाम मुहल्ले हाड़काटा गली में। मैं भी शायद उसी हाड़काटा गली की ही लड़की होऊँ। तभी तो जोड़ासाँको की ठाकुरबाड़ी की महिलाओं ने सारे जीवन मेरी इतनी तौहीन की, कष्ट दिया।

हाड़काटा गली का वह मकान मेरे पितामह ने दानस्वरूप प्राप्त किया था। किन्तु वह दया का दान था। उस दान को स्वीकार करने में कोई सम्मान नहीं था।

ठाकुरपो, मुझे नहीं मालूम कि ठाकुरबाड़ी के साथ मेरे घर के रिश्ते के विषय में तुम कितना जानते हो। जानते भी होगे

तब भी मुझे कभी महसूस नहीं होने दिया कि तुम जानते हो। एक तरह से मैं भी ठाकुरबाड़ी की ही लड़की हूँ। किन्तु ऐसा सोचने का अधिकार किसी ने भी मुझे कभी नहीं दिया। मैं तो न घर की रही न घाट की। ऐसे ही मेरे जीवन के पचीस वर्ष व्यतीत हो गए।

अपने परिवार की कथा, अपने जन्म की कहानी आज तुमसे कुछ तो कहकर जाऊँ। तब शायद कुछ समझ पाओगे कि इतने वर्षों से वह क्या था जो मुझे दग्ध कर रहा था। मेरी मृत्यु से क्या शमित होगा!

मेरे पितामह जगन्मोहन के साथ तुम्हारे पितामह द्वारकानाथ की ममेरी बहन शिरोमणि का ब्याह हुआ था। ये सारी बातें दो-एक दिन तुम्हें बताने की चेष्टा भी की थी, तुम कहते—छोड़ो न वे सब पुरानी बातें, मुझे एकदम बोलने ही नहीं देते थे तुम कि बोलने के क्रम में उन्हें याद कर मैं मन ही मन कष्ट पाऊँगी।

एक दिन कहा था—मुझे अच्छी तरह याद है, दोपहर को मेरे शयनकक्ष में मेरे पलंग पर मेरे ही पास लेटे थे तुम—काफी देर तक बिलकुल चुप थे, खिड़की से बाहर आसमान में बादलों को निहार रहे थे—मैं मौका देखकर तभी तुम्हें अपने परिवार की पूर्वकथा सुनाना चाहती थी—तुम बोले, 'नोतुन बोउठान पुराने दुख-दर्दों की बातों को कुरेदने से क्या होगा—यह संसार अजस्र आनन्द का स्थल है, उसी आनन्दधारा को अपने भीतर ग्रहण करो, देखोगी झड़े पत्तों के सदृश पुराने कष्ट उसी आनन्द-स्रोत में बह गए हैं।'

मैंने तुम्हारे हाथ को अपने हृदय पर रखते हुए कहा—'सैकड़ों दुखों के बीच भी उसी आनन्द को मैंने धारण कर रखा है, इस क्षण वह मेरे हृदय के अन्तस में है।'

ठाकुरपो, मेरे मन ने चाहा कि काश! चिरकाल के लिए तुम्हारे हाथों को ऐसे ही अपने हृदयस्थल पर महसूस कर पाती—तुम और किसी के भी नहीं हो ठाकुरपो, सिर्फ मेरे हो!

आज संसार से चले जाने के पूर्व हृदय की वह जगह बिलकुल खाली हो गई है। वहाँ कुछ भी नहीं है। सिर्फ शून्य है! कहाँ है तुम्हारा हाथ? कहाँ है तुम्हारा वह अमृतमय स्पर्श ठाकुरपो? सब खो गया? सब कुछ तुमने छीन लिया?

तुम अचानक कह उठे, 'चलो तो नाटक का फिर से एक बार रिहर्सल करते हैं। तुम्हारा मन अभी अच्छा हो जाएगा बोउठान!' उस समय तुम्हारे ज्योतिदा के लिखे 'अलीक बाबू' नाटक की प्रैक्टिस चल रह थी, रोज ढलती दोपहर से शाम तक। उस नाटक के नायक-नायिका की भूमिका में तुम और मैं थे। नायक अलीक बाबू तुम थे, नायिका हेमांगिनी मैं जिसके बाद से तुमने मुझे गुपचुप 'हे' कहकर बुलाना शुरू कर दिया था।

मैंने तुम्हारे हाथों को वक्ष के बीचोबीच रखे ही उस दोपहर अपने पलंग पर लेटे-लेटे ही नाटक की रिहर्सल शुरू कर दी :

'मैं संसार के समक्ष, चन्द्र-सूर्य को साक्षी रखकर, मुक्तकंठ से कहूँगी, लाखों बार कहूँगी, तुम ही मेरे स्वामी हो, सैकड़ों बार कहूँगी, सहस्त्र बार कहूँगी, लाख बार कहूँगी मैं ही तुम्हारी स्त्री हूँ।'

तुम चुपचाप सुनते रहे, काफी देर तक कुछ भी बोले नहीं। तुमने अपने हाथों को मेरे वक्ष से हटाया भी नहीं। मेरी ओर करवट लेकर केवल मेरा मुख निहारते रहे।

ठाकुरपो, 'आज भी भूल नहीं पाई हूँ तुम्हारे उस करुणा-विगलित चितवन की माया!'

फिर देखो इधर-उधर भटकते-भटकते, जो कुछ कहने जा रही थी उससे कितनी दूर चली आई हूँ। ऐसा ही होता रहेगा ठाकुरपो! मृत्यु के इतने सन्निकट होकर कभी तो कुछ लिखा नहीं है—ज्यों ही कुछ सोचती हूँ देह-मन अवश से होते जा रहे हैं। मन के भीतर सब कुछ अव्यवस्थित है, शिथिल होता जा रहा है। तुमको भी यह चिट्ठी पढ़नी ही होगी, ऐसा भी नहीं है। चिट्ठी को मेरे साथ ही चिता पर जला देना।

ठाकुरपो, मेरी एक दुखती रग है—मेरी आँखों के आगे मेरे पिता का अपमान—रोज-रोज। मुझे तुम लोगों के घर के अन्दर-महल में प्रवेश मिला लेकिन मेरे पिता बाहर ही रह गए, सामान्य वेतनभोगी श्याम गांगुली बनकर ही। यद्यपि वे ठाकुरबाड़ी के समधी थे, किन्तु उचित सम्मान उन्हें कभी नहीं मिला। ऐसी उदारता तो जोड़ासाँको के ठाकुरबाड़ी में थी ही नहीं ठाकुरपो! थी सिर्फ तुम्हारे भीतर—किन्तु तुम तो अलग थे, सबसे भिन्न।

मेरे पिता सारी उम्र ठाकुरबाड़ी से मिले असम्मान के बीच जीवन जीने को बाध्य रहे, कारण कि तुम लोगों की दक्षिणा से ही तो हमारा परिवार सदा खाता-पहनता रहा। तुम लोगों की 'दानशीलता' पर ही तो मैं ठाकुरबाड़ी की बहू बन सकी थी।

किन्तु फिर भी शाखा-प्रशाखाओं से ही सही मैं भी तो द्वारकानाथ के परिवार से आबद्ध हूँ ही। तुम्हारे ठाकुरदा पितामह द्वारकानाथ के परिवार से सम्बद्ध। तुम्हारे पितामह द्वारकानाथ की ममेरी बहन शिरोमणि से ही तो मेरे पितामह जगन्मोहन ने विवाह किया था। द्वारकानाथ के मामा अर्थात शिरोमणि के पिता का नाम था केनाराम रायचौधरी। मेरा दुर्भाग्य क्या है जानते हो ठाकुरपो! हाड़काटा गली का वह मकान शिरोमणि को उनके पिता से प्राप्त नहीं हुआ था। वह मिला था काकी माँ रामप्रिया से।

कौन थीं ये रामप्रिया? शायद तुम नहीं जानते हो, मैंने खोज की और तब जाना, रामप्रिया थीं द्वारकानाथ के पितामह नीलमणि ठाकुर के भाई गोविन्दराम की पत्नी। आखिर रामप्रिया ने ही कुख्यात वनितापाड़ा हाड़काटा गली में एक मकान क्यों दिया शिरोमणि को? वाह रे, मेरे पितामह जगन्मोहन, जिन्हें तुम लोगों की बाड़ी में सभी जगमोहन कहकर बुलाते थे, वे थे तो गरीब बेचारे—विवाह के पश्चात पत्नी को लेकर कहाँ रहेंगे? इसीलिए गन्दी गली का एक घर उनकी पत्नी को दिया गया—और दिया दुलहन की काकी माँ रामप्रिया ने। मेरे पितामह और

मेरी दादी उसी हाड़काटा गली में ही रहते थे। ऐसे एक मनुष्य को ठाकुरबाड़ी का आभिजात्य किस दृष्टि से देखेगा यह तो तुम्हें कहकर समझाना नहीं होगा ठाकुरपो!

मेरे पिता श्याम गांगुली को भी तो तुम्हारी ठाकुरबाड़ी में ही आजीविका मिली। बाजार-सरकार का अर्थात हाट-बाजार करने का काम। और मार-तमाम फरमाइशों को पूरा करनेवाले टहलुए का काम। मेरे विवाह के उपरान्त भी उन्हें वे सारे काम करने पड़ते थे। पुरुषों के खित्ते की फरमाइशें पूरी करने में उन्हें ज्यादा खटना पड़ता था। अन्दर-महल में उन्हें कदाचित ही देख पाती थी। स्वयं ज्योतिरिन्द्रनाथ की पत्नी थी मैं—अत: ज्योतिरिन्द्रनाथ उनके दामाद थे, वे इस घर के समधी थे, ये बातें उनके लिए स्वप्न में भी सोचना सम्भव न हुआ।

अचानक ठाकुरबाड़ी के आभिजात्य की तन्द्रा टूटी। किसी-किसी ने सोचना शुरू किया कि श्याम गांगुली को जोड़ासाँको की बाड़ी में न रखना ही अच्छा है—कहीं दूर भेज देने से सामाजिक लज्जा से दोनों पक्षों की ही मुक्ति होगी। सामान्य वेतन पर ही मेरे पिता को तुम लोगों की गाजीपुर वाली बाड़ी में भेज दिया गया। वहाँ तुम लोगों की विशाल जमींदारी है। विशाल बाड़ियाँ हैं। दायित्व भी बहुत हैं। मेरे पिता मेरी आँखों से ओझल हो गए। मैं जी गई। यह भी तो ठाकुरबाड़ी का ही दान है। मैं कृतज्ञ हुई।

ठाकुरपो, तब वहीं मेरा विवाह हुआ था। नौ वर्षीया बालिका थी मैं। एक दिन मझली बहू ठकुरानी के कक्ष के पास से गुजरते हुए मझले भइया सत्येन्द्रनाथ ठाकुर का कंठ-स्वर सुनाई दिया। वे अपनी पत्नी से कह रहे थे—

'यह किसको उठा ले आई घर में? वह लड़की ज्योति के योग्य पात्र है? किस दृष्टिकोण से वह ज्योति जैसे लड़के के उपयुक्त है? यह भी कोई विवाह है?'

ठाकुरपो, इन बातों को सुनकर मुझे बेहद डर लग रहा था। और बड़ी तकलीफ भी हो रही थी। डर रही थी कि कहीं सब मिलकर मुझे घर से निकाल न दें? मैं कहाँ जाऊँगी?

मझली बहू ठकुरानी बोलीं, 'उसको हम लोग माँज-घिस कर ठीक कर लेंगे। इसके अतिरिक्त ज्योति ठाकुरपो की भी तो कुछ जिम्मेदारी है उसको अपने मन मुताबिक गढ़ने की।'

मझली बहू ठकुरानी की बातों ने मानो आग में घी का काम किया। सत्येन्द्रनाथ भभक उठे। बोले, 'वह लड़की कभी भी अच्छी लड़की नहीं बन सकती, तुम लोग देख लेना। बाजार-सरकार श्याम की बेटी बन पाएगी ज्योति की योग्य पत्नी, तुम लोग माँज-घिस कर किसे तैयार करोगी? ज्योति का इस विवाह के लिए आपत्ति जताना उचित था।'

मेरे हाथ-पैर सब काँपने लगे। हृदय में रुलाई का ज्वार फूट पड़ा। किन्तु आँखें सूखी रहीं। मझली बहू ठकुरानी को कहते हुए सुना कि—'बाबा मोशाय की इच्छा थी कि यह विवाह हो। ज्योति ठाकुरपो बाबा मोशाय के विरुद्ध कुछ कहेंगे, यह

बात तुम सोच भी सकते हो!'

'यह बाबा मोशाय की जिद है, अनुचित जिद। ज्योति ने भले ही मान लिया हो, किसी प्रकार का प्रतिवाद न किया हो—इस विवाह से किसी का भी मंगल नहीं होगा।'

ठाकुरपो, वह बात आज भी मेरे कानों से चिपकी हुई है—'इस विवाह से किसी का भी मंगल नहीं होगा।' तुम लोगों के संसार में सबसे बड़ा अमंगल मैं हूँ। और तुम्हें प्रेम करके मैं कुलटा भी तो हूँ। आज उसी अमंगल की, कुलटा की विदाई है। मैं चाहती हूँ कि तुम लोगों के संसार में सुख-शान्ति फिर से आ जाए। तुम्हारे नोतुन दादा मुझको पत्नी रूप में पाकर, मुझे नहीं लगता कि एक दिन के लिए भी सुखी महसूस किए होंगे। मन का ही तो मेल नहीं हुआ हमारा। सचमुच, मैं उनके योग्य पत्नी नहीं बन पाई। वे आजीवन मुझसे दूर ही रह गए। ठाकुरपो, तुमने तो मुझे इतना प्रेम किया। मुझसे प्रेम किया कवि बिहारीलाल चक्रवर्ती ने। अपने प्रति बिहारीलाल की भक्ति, अनुराग से सचमुच मैं अत्यन्त लज्जित होती थी। किन्तु तुम्हारे नोतुन दादा का प्रेम—ना, कभी नहीं मिला। कभी उनकी अन्तरंग होने का सम्मान भी न पा सकी। ठाकुरपो, तुमसे छुपाने जैसा कुछ भी तो नहीं है। तुम भलीभाँति ही अनुभूत कर सके हो कि मेरे साथ तुम्हारे नोतुन दादा का सम्बन्ध बहुत ही ज्यादा दिखावटी है। हमारे रिश्तों में कभी प्राण-प्रतिष्ठा हुई ही नहीं ठाकुरपो! सम्बन्धों का अन्तस पूरी

तरह ठंडा है। ठाकुरपो, मुझे याद है, एक दिन घनघोर वृष्टि में मैं और तुम दोनों ही हमारे अत्यन्त मनचीते नन्दनकानन में भीग रहे थे। यह क्षेत्र केवल हमारा था। इधर जल्दी कोई नहीं आता था। झमाझम वृष्टि के बीच मालतीलता की ओट में अचानक तुमने मुझे खींचकर अपनी छाती से लगा लिया। उस खींचने में तुम्हारे अन्तर का नियम-विरुद्ध चलने का जोश था ठाकुरपो। मैं मना न कर सकी। चाहा भी नहीं। किसी-किसी निषेध के गले में हृदय की वरमाला झूलने को आतुर हो उठती है। उस अन्याय को सम्पूर्ण मन-प्राण वरण कर लेता है। ठाकुरपो, तुम्हारा आलिंगन वैसा ही अन्याय था।

वृष्टि में तुम भीग रहे थे। कितनी सुन्दर लग रही थी तुम्हारा दीर्घ देहयष्टि। तुम्हारे लम्बे भीगे घुँघराले केश तुम्हारी बलिष्ठ ग्रीवा तक झूल रहे थे। तुम्हारी बड़ी-बड़ी दोनों आँखों में मेघिल आकाश की माया थी। तुमने मुझे अपने वक्ष में भींचकर कहा था :

'ठाकुरबाड़ी में एक चीज के उपवास से हम सभी पीड़ित हैं। चिरकाल, प्रेम का उपवास।'

'प्रेम का उपवास'—महज दो शब्द, तथापि मेरे सम्पूर्ण शरीर में वृष्टि की बूँदों के साथ ये दो शब्द समाने लगे—तुम्हारे कंठ-स्वर के स्पर्श को मेरे सर्वांग ने अनुभूत किया। मैं स्थान-काल भूल गई। ऐसा महसूस हुआ मानो प्रबल वृष्टि के बीच तुम्हारा शरीर, मेरे शरीर में पिघलता जा रहा है। ऐसा लगा जैसे मेरी देह तुम्हारी देह में घुलती जा रही है। कोई विभेद नहीं रह गया था अब।

तुम्हारी ओर मुँह उठाकर मैंने कहा, 'मुझे थोड़ा प्यार करोगे, ठाकुरपो? कितने दिन—कितने ही दिन हुए जरा भी प्यार नहीं मिला मुझे!'

तुम मानो कोई जल-देवता। जरा सा तुम झुके। मेरे चेहरे को कितने प्यार से उठाया—मेरे अधरों को चूमा। पल भर का कोमल चुम्बन। महसूस हुआ जैसे, पहली बार प्यार पाया हो मैंने। अनैतिक हो सकता है। फिर भी लगा, जीवन भर इससे बड़ा महत्त्वपूर्ण और पवित्र कुछ भी मैंने नहीं पाया है। जैसे, आज तक जीवित ही थी इसी मुहूर्त के लिए। मेरे अधरों पर तुम्हारा वह प्रथम चुम्बन आज भी निःशेष नहीं हुआ है ठाकुरपो! मेरा जीवन स्वयं समाप्त होने चला।

फिर प्रसंग से भटक गई। काश! तुम्हारी तरह सुव्यवस्थित लिख पाती! तथापि बिना लिखे भी तो उपाय; नहीं। बहुत सारी बातें तुम्हें बतानी जो हैं। संसार से चले जाने के पहले तुम्हें मैं सारी-सारी बातें बताना चाहती हूँ—समूल उजाड़ कर। यदि एक बार अपने पास पाती तुम्हें, खूब प्यार करती। तब शायद इतनी बातें नहीं कहती।

किन्तु तुम्हें आजकल केवल दूर से देख पाती हूँ। चार महीने तुम्हारे विवाह को हुए हैं। इन गुजरे चार महीनों में ठाकुरपो, तुम कितनी दूर चले गए? तुम कैसे कर पाए यह!

तुम्हें क्या पता भी है ठाकुरपो, इन कुछ ही महीनों में

नन्दनकानन के सारे पौधे मर गए हैं। जल न पाकर, जतन न पाकर, दुलार न पाकर वे सब मर गए। हमारा अतिप्रिय नन्दनकानन प्रेम के उपवास से मर गया ठाकुरपो।

ठाकुरपो, बीते चार महीनों से तुम अपनी नई दुलहन को लेकर व्यस्त हो। तुम्हारी नोतुन बोउठान अब पुरातन हो गई हैं। आजकल तुम भी अपने ज्योति दादा की तरह घर नहीं लौटते हो। अक्सर ही रात मझली भाभी के आवास पर व्यतीत करते हो। वहाँ तुम्हारी बालिका वधू को स्वयं मझली बहू ठकुरानी के हाथों माँज-घिस कर गढ़ा जो जा रहा है। तुम्हारे बन्द कमरे की ओर देखते-देखते ही मेरी कितनी गोधूलि-शामें-रातें कट जाती हैं। सबसे असहाय मेरी एकाकी दोपहर होती है। हर क्षण तुम्हारे कदमों की आहट सुनाई देती है। लगता है, जैसे अभी आए तुम, और 'नोतुन बोउठान, मैं चला आया तुम्हारे पास,' कहकर मेरी बगल में लेट गए हो।

कुछ दिन पहले एकदम रहा नहीं गया। तुम्हारे कमरे में घुस गई। घुसते ही देखा, पत्थर की मेज पर तुम अपनी कविता की कॉपी को औंधा रखकर छोड़ गए हो। जैसे कोई कविता लिखते-लिखते उठ गए हो।

हृदय में जोर की कसक हुई। अपने विवाह के पश्चात, इन कुछ महीनों में एक भी कविता पढ़कर तुमने मुझे नहीं सुनाई। ठाकुरपो, तुमने तो कहा था, तुम सिर्फ मेरे लिए ही लिखते हो अपनी समस्त रचनाएँ—तुम्हारी रचनाओं में एक अन्य रचना छुपी रहती है, जिसे केवल मैं पढ़ूँगी, मैं समझूँगी—वह रचना और

किसी के लिए भी नहीं है। तुमने क्यों झूठ कहा था ठाकुरपो? इस छलना का क्या कोई भी प्रयोजन था? प्राण प्रिय रवि, मैंने तुमसे कभी भी कुछ भी झूठ नहीं कहा। मुझमें किसी छलना का आश्रय नहीं है। मैंने तुम्हारा प्रेम पाया है। ठाकुरपो, शायद कोई भी लड़की इस तरह तुम्हारा प्रेम नहीं पा सकेगी। मेरा जीवन सार्थक हुआ। उसी प्रेम को खोकर मेरे जीवित रहने का कोई अर्थ नहीं है।

ठाकुरपो, कहने में शर्म आ रही है—तब भी बिना कहे भी नहीं बन रहा। मैं कभी-कभार चोरी-छिपे तुम्हारी कविता की कॉपी पढ़ती। और तब मुझे भीषण रुलाई आती। अभी-अभी तो विवाह किया है तुमने। बहुत स्वाभाविक है कि तुम्हारी कविताओं में अभी अति प्रेम, अति मांसलता व्याप्त रहेगी। तथापि...मुझे बहुत रोना आता है, तकलीफ होती है, हृदय की शिराओं में तनाव आता है, लगता है जैसे मेरा अपमान अब जाकर सम्पूर्ण हुआ।

तुम्हारी एक कविता का नाम है 'स्तन'। शीर्षक देखकर स्तम्भित हो गई। यह तो तुम्हारे ही हाथ की लिखावट है। 'स्तन' शब्द फूल की तरह तुम्हारे अनिन्द्य सुन्दर हस्ताक्षर में प्रस्फुटित हो उठा है। तुमने लिखा है :

सहसा प्रकाश में आकर जैसे ठिठक गया—
ले अंचल-आड़ सकुच लज्जा में गड़ गया।

इन दो पंक्तियों ने मेरा गला घोंट दिया। मेरी साँसें अटक गईं। एक ही प्रश्न व्याधि बन समस्त शरीर में दौड़ गया—कहीं भी क्या तुमने मेरे बारे में नहीं सोचा? एक बार भी नहीं? और एक कविता पर मेरी दृष्टि पड़ी। कविता का नाम था 'चुम्बन'। तुमने लिखा है :

दो तरंगें उठ प्रेम-नियम से
टूटकर मिलती दो अधरों से।
प्रेम लिखे गीत कोमल प्रणय के
अधरों पर थर-थर चुम्बन-कर से।

ठाकुरपो, सच-सच बोलना, तुम्हें क्या एक बार भी याद नहीं आई नन्दनकानन में वृष्टि की वह आड़, वह प्रेम, वह निविड़ आलिंगन और चुम्बन? इन पंक्तियों के मध्य क्या तुम्हारा-मेरा प्रेम इतना-सा भी नहीं है ठाकुरपो? बोलो-बोलो-बोलो।

प्राणों से प्रिय रवि, पत्थर की मेज पर औंधी पड़ी तुम्हारी कॉपी देखकर मन में आया, छोड़ो भी, फिर तुम्हारी रचनाओं को पढ़कर कहीं मुझे कष्ट न हो। कहीं फिर आज साँसें अवरुद्ध न हो जाएँ और हृदय की तंत्रियाँ फटने लगें। कष्ट सहने की क्षमता अब मुझमें और नहीं है रवि। दूसरे ही पल मन में आया, शायद ऐसा ही कुछ लिखा हो तुमने जो मेरा मन अच्छा कर दे, जिस रचना में छिपी हो और एक रचना, जिस रचना को केवल तुम और मैं पढ़ेंगे, वह रचना और कोई भी समझ नहीं सकेगा।

मेरे कॉपी खोलते ही नज़र आईं ये दो पंक्तियाँ :

यहाँ से जाओ पुरातन!
यहाँ नूतन खेल आरम्भ हुआ है।

बाद की घटनाएँ मुझे कुछ भी याद नहीं हैं। रवि, मैं किस तरह तुम्हारे कमरे से अपने कमरे में आई, आज तक भी कुछ याद नहीं आया मुझे। सिर्फ इतना याद है कि जब चेतना लौटी तो रात हो चुकी थी। मैं अपने बिछौने पर थी। कमरे में अन्धकार था।

ठाकुरपो, मेरी माँ कौन थीं? तुम लोगों ने उन्हें कभी भी कहीं भी देखा है? कभी क्या मुझे माँ का दुलार मिला है? मेरी माँ ने चार कन्याओं को जन्म दिया था—वरदा और मनोरमा मेरी दो दीदियाँ थीं और श्वेताम्बरी मेरी छोटी बहन। मैं श्याम गांगुली की तीन नम्बर कन्या थी—केवल पिता के नाम से ही मेरा परिचय था। मेरी माँ कहाँ खो गईं? उनकी मुझे कोई भी स्मृति नहीं है। तुम्हारे नोतुन दादा से अपनी माँ के बारे में पूछने का कभी साहस ही नहीं हुआ। मेरे पिता, अपने सभी अपमानों के बावजूद, एक तरह से तो ठाकुरबाड़ी के ही लड़के थे। तभी इस बाड़ी में मेरे जन्म से पूर्व उनकी एक जगह बनी थी। उनका निवास जोड़ासाँको की विशाल ठाकुरबाड़ी के निचले तल पर था, कबूतरखाने की तरह एक कमरा। मेरा जन्म कहाँ हुआ था ठाकुरपो? हाड़काटा गली

में? या कि तुम लोगों की बाड़ी के निचले तल पर, जहाँ तुम लोगों ने गरीब आत्मीय स्वजनों को आश्रय दिया था?

ठाकुरपो, मैं तुम्हें दूर से देखती थी। तुम निचले तल पर नहीं आते थे। कभी हमारे घर नहीं आए। आते भी क्यों। इतने बड़े धनाढ्य परिवार के सुपुत्र तुम। तब तुम यही कोई छह-वह साल के रहे होगे। मैं आठ की थी। तुमको दूर से ही देखा करती। दक्षिणी बरामदे की रेलिंग पकड़े तुम खड़े रहते। तुम्हारी दृष्टि आकाश की ओर रहती। कभी-कभी तुम बागान में भी खेलते। मन होता था कि जाकर तुम्हारे साथ खेलूँ।

एक दिन, जब तुम मेरे अच्छे दोस्त थे, उन्हीं दिनों जब हम दोनों मिलकर नन्दनकानन तैयार कर रहे थे, तुम्हारे विलायत से लौटने के बाद ही, तब तुमसे मैंने पूछा था, ठाकुरपो, तुम्हें मेरी याद है, कैसी थी मैं इस बाड़ी की बहू होने से पहले, तुम लोगों के निचले तल पर?

बात सुनते ही न जाने कैसे खिन्न हो गए तुम। अन्दर ही अन्दर सिकुड़-से गए। केवल इतना कहा, 'कुछ भी याद नहीं आता।' मैंने पूछा, 'कुछ भी याद नहीं है? मैं निचले तले से तुम्हें देखती थी, जब तुम दक्षिणी बरामदे में आकर खड़े होते। एक दिन तुम्हें देखकर हाथ हिलाया था, तुम्हें याद है?'

तुमने कहा, 'नीचे की तरफ मैं देखता ही नहीं था। मैं तो आकाश देखता था। तुम्हें आकाश देखना अच्छा नहीं लगता था?' मैंने कहा, 'मेरे कमरे से आकाश दिखाई नहीं देता था। मेरा तो तुम्हारी तरह बरामदा नहीं था न ठाकुरपो!'

शायद मेरी बातों को सुनकर तुम्हें बेहद तकलीफ हुई थी। कुछ भी नहीं कहा तुमने। नन्दनकानन के ही चम्पा-गाछ से एक स्वर्णचम्पा लेकर तुमने अचानक मेरे जूड़े में खोंस दिया।

प्राणों से प्रिय ठाकुरपो, जिन परिस्थितियों में मेरा शैशव बीता था, उसमें कभी भी तुम्हारी विशाल बाड़ी की कोई किरण प्रवेश नहीं कर पाई थी। हास, गान, आनन्द। ठाकुरबाड़ी की सेवा-टहल करनेवाले बाजार सरकार की काली दुबली लड़की के जीवन के साथ तुम्हारे जीवन का कोई मेल न था, तुम्हारे नोतुन दादा के साथ मेरे विवाह के पूर्व तक।

अचानक ठाकुरबाड़ी की बहू बनकर आ गई थी तुम्हारे अन्दर-महल में। आकर देखा क्या ही शाही ठाट-बाट! बेटे-बेटियाँ, जमाई-बहू, नाती-नातिनें, दास-दासियों से भरी-पूरी बाड़ी गम-गम कर रही थी। कौन किसका क्या है, किसके साथ किसका क्या सम्बन्ध है, यह समझने में मुझे काफी समय लगा था। एक चीज समझने में दिक्कत नहीं हुई—ठाकुरबाड़ी में जैसे प्रतिदिन ही उत्सव है घर की रसोई में दस-बारह रसोइया महराज भोर से ही धिकते चूल्हे पर भोजन पकाने लगते। भोजन की व्यवस्था भी दो किस्म की होती। एक 'सरकारी'। दूसरी 'बेसरकारी'। कमरे-कमरे में जो भोजन रसोइया महराज पहुँचा आते हैं वह 'सरकारी' भोजन। किन्तु प्रत्येक महल में तो कक्ष-कक्ष में व्यक्ति हैं! प्रत्येक की रुचि भिन्न है। इसलिए प्रत्येक महल के लिए बनाई गई रसोई में

उसके स्वामी और उनकी पत्नी की फरमाइश के अनुसार कुछ विशेष भोजन भी पकाए जाते। वह होता था 'बेसरकारी' भोजन। यह सब देखकर मैं तो आश्चर्यचकित थी। तुम्हारे नोतुन दादा के खाने की रुचि सबसे अलग थी। मेरे ऊपर दायित्व आया उनकी रुचि के अनुसार भोजन बनाने की। भोजन बनाना मैं तब कुछ भी नहीं जानती थी। धीरे-धीरे सब कुछ ही सीखना हुआ। मुझे एक बार भी अच्छी नहीं लगी ठाकुरबाड़ी के भंडारघर में बैठकबाजी। तरकारी काटने के लिए सबको रहना पड़ता था। मैं भी रहती थी। मेरा मन तुम्हारे पास ही पड़ा रहता था ठाकुरपो। उसी भंडारघर की बैठकबाजी में ही ठाकुरबाड़ी की महिलाओं का कितना कोंचना, कितना भुनभुनाना मुझे सहन करना पड़ा है। प्रथम-प्रथम मेरी सन्तान नहीं हुई सो भुनभुनाना—मैं बाँझ हूँ, ऐसी बाँझ औरत से ब्याह करके तुम्हारे नोतुन दादा को कितनी हताशा, कितनी यंत्रणा है, ये सब बातें न जाने कितने प्रकार से मैंने सुनी हैं। उसके पश्चात आई तुम्हारे-मेरे सम्बन्धों को लेकर फुसफुसाने की बारी—तुमसे जिन बातों को कहने की किसी को साहस न होता, मुझे सुनाते। मैंने ही न केवल तुम्हें नष्ट किया है, तुम्हारा दिमाग खाया है!

प्राणप्रिय ठाकुरपो, देखो न कि सुव्यवस्थित लिखना मेरा मेरे लिए सम्भव ही नहीं है, खास कर मन की ऐसी अवस्था में। जितना समय बीत रहा है, उतनी ही मेरे चिर विदा की बेला पास आ

रही है; और भी विपन्न, विषादमय होता जा रहा है मन, दिशाहारा होकर जो बातें कहना चाहती हूँ, उससे बार-बार दूर हो जा रही हूँ। मेरे पास तो अब ज्यादा वक्त नहीं है। फिर भी सारी बातें तुमसे कहनी ही होंगी—हे मेरे प्रियतम पुरुष, प्रियतम बन्धु, मेरे चिरसखा, तुमसे बिना कहे मैं मर भी तो नहीं पाऊँगी।

मेरे रवि, कितनी तुम्हारी उम्र रही होगी तब। तब तो तुम जरा से बच्चे थे, उम्र यही कोई सात-वात वर्ष होगी। मेरी तब लेकिन पर्याप्त उम्र थी, अपने विवाह के दिन ही तो मैं नौवें में प्रविष्ट हुई थी। 5 जुलाई, 1868 को था मेरा नौवाँ जन्मदिन। हिन्दू कहते हैं कि जन्मदिन के दिन विवाह नहीं करते। लेकिन तुम लोग तो हिन्दू नहीं हो, ब्राह्म हो। वे सारे कुसंस्कार तुम लोगों में नहीं हैं। हाँ, मुख्य बात यह है कि उस दिन मेरा जन्मदिन था, यह बात किसी ने याद भी नहीं रखी। यह देखो, अभी मुझे मेरे माँ की बात याद आई, वह मैं देख पा रही हूँ, धूमिल-सी—एक कोने में खड़ी हैं, कह रही हैं जन्मदिन के दिन विवाह करने से वह विवाह शुभ नहीं होता। ठाकुरपो, अब मुझे सब याद आ रहा है—माँ का नाम था त्रैलोक्य सुन्दरी। जिनकी बातें किसी ने नहीं सुनीं, मेरे विवाह में जिनकी कोई भूमिका ही नहीं रही, ठाकुरबाड़ी के अन्दर-महल में जिनकी कोई पहचान ही नहीं है उनका कितना बड़ा नाम है—त्रैलोक्य सुन्दरी! कहाँ गुम हो गईं चार कन्यओं की वह जननी, मेरी माँ? मेरे पितामह जगन्मोहन

गंगोपाध्याय ठाकुरबाड़ी के दरबान थे। तुम लोगों की बाड़ी के फाटक पर ही उनका चिरस्थायी आसन बिछा था। मेरे बड़े भइया का नाम था शशिभूषण मुखोपाध्याय। ठाकुरबाड़ी में उनकी कोई शिनाख्त नहीं है।

यह देखो! फिर मेरा लिखना फिसल गया। जो बात कह रही थी, 5 जुलाई, 1868 को, मेरे जन्मदिन के दिन ही तुम्हारे उन्नीस वर्षीय नोतुन दादा के साथ मेरा विवाह हो गया। कितना दुर्लभ सौभाग्य था मेरा, ईश्वर का कितना बड़ा आशीर्वाद था मेरे ऊपर कि मैं जिसकी विद्या प्रथम कक्षा भी लाँघ न सकी, मैं एक गरीब की काली दुबली लड़की, बन गईं ठाकुरबाड़ी के विद्वान, अपूर्व रूपवान, आभिजात्य युवक, गीत-संगीत-लेखन में सरस्वती के वरदपुत्र स्वयं ज्योतिरिन्द्रनाथ की पत्नी!

लगभग पहले दिन से ही मुझे तुम्हारे नोतुन दादा के योग्य बताने की चेष्टा हो गई। मेरे लिए पहाड़े की किताब के पहले और दूसरे, दोनों भाग खरीदे गए। मुझे माँज-घिसकर तैयार करने का दायित्व मझली बहू ठकुरानी ज्ञानदानन्दिनी ने अपने हाथों में ले लिया। मुझे यह सब कदम अच्छा नहीं लगता था। अच्छा लगता था केवल तुम्हारे साथ पहाड़े की किताब पढ़ना। तुम्हारे साथ पहली बार मिलकर पहाड़ा सुर में पढ़ा था।

प्राण प्रिय रवि, धीरे-धीरे मैं तुम्हारे ठाकुरबाड़ी की बहू बन गई। मेरा एकमात्र परिचय—मैं तुम्हारे नोतुन दादा की पत्नी। तुमने मुझे कितनी मिठास से बुलाया—नोतुन बोउठान। मेरे जीवन की अहर्निश एक ही कोशिश रही—कैसे ज्योतिरिन्द्रनाथ ठाकुर की योग्य पत्नी बन पाऊँ!

मेरे माता-पिता मेरे दृष्टिपथ से बहुत दूर छूट गए—जबकि एक ही बाड़ी के बाहर महल में, मैं जिस बाड़ी की बहू हूँ! खबर मिलती कि पिताजी तुम लोगों के बागान में खट रहे हैं, दीवार बनाने का आदेश है। कभी वे मेरी सासू माँ ठकुरानी, तुम्हारी माँ का बिछौना 'दुरुस्त' करते। मेरी माँ धीरे-धीरे कहाँ गुम हो गईं मैं अन्तत: नहीं जान पाई। धीरे-धीरे समझ गई ठाकुरपो, कि मैं कितनी भी कोशिश क्यों ना कर लूँ, मझली बहू ठकुरानी की दृष्टि में मैं इस घर के बाजार सरकार की लड़की के अलावा और कुछ भी नहीं हूँ। इस परिचय से, इस नगण्यता से मेरी मुक्ति का कोई भी उपाय नहीं है। ज्योतिरिन्द्रनाथ की योग्य पत्नी बनना इस जीवन में मेरे लिए सम्भव नहीं है, यह बात ठाकुरबाड़ी की महिला-महल ने इतने दिनों में मुझे क्रमश: समझा दी है। सम्पूर्ण ठाकुरबाड़ी में मुझे एक ही आत्मीय स्वजन मिला था रवि। वह जन तुम हो! तुमने समझा था मेरे दाह को। मुझसे सारे दुख सहन होते हैं। तुम्हारा दिया दुख मैं सहन नहीं कर पाती—तुमने क्यों लिखा :

मत चाहो मत चाहो फिर-फिर कर
यहाँ आलोक नहीं, अन्तर-प्रकाश की चाह करो

अन्धकार से धीरे-धीरे हिल-मिलकर

तुम्हारी ही बातों को मैंने सर झुकाकर स्वीकार कर लिया है रवि। मेरे समक्ष अनन्त अन्धकार है। रविहीन रात्रि का अन्धकार। मैंने तुम्हारे ही निर्देश पर उधर पैर बढ़ाया है।

रवि, तब तुम विलायत में थे। ऐसा लग रहा कि कितने वर्ष हो गए तुम्हें देखा नहीं। तुम्हारे लौटने के दिन गिनकर मेरे रात-दिन कट रहे हैं। एक दिन सब्जी काटने के दौरान मझली बहू ठकुरानी ने कहा :

'नोतुन का जीवन ही नष्ट हो गया। क्या तो उसका एक विवाह हुआ। कहाँ नोतुन और कहाँ उसकी पत्नी! इस विवाह में मन का मेल होना सम्भव नहीं है। पत्नी यदि शिक्षा-दीक्षा में इतनी ही हेय हो, तो उस स्त्री के साथ गृहस्थी तो बसाई जा सकती है, पर सुखी नहीं हुआ जा सकता। नोतुन तो सब समय मेरे ही पास पड़ा रहता है। गाना-बजाना-थियेटर लेकर व्यस्त है तभी संसार का दुख भूला हुआ है।'

सारी बातें एक ही साँस में मझली बहू ठकुरानी बोल गईं। इसके बाद किसी एक ने फोरन डाला। तब मझली बहू ठकुरानी ने मुझे लेकर अपनी असली हताशा जाहिर की, बोलीं :

'मैंने तो नोतुन के योग्य पत्नी देखा था। मेरे पति के दोस्त डॉक्टर सूर्यकुमार चक्रवर्ती की विलायत-रिटर्न लड़की। नोतुन को

पसन्द भी थी। लेकिन वह विवाह हुआ कहाँ? नोतुन के भाग्य में नहीं है, होगा कैसे!'

मझली बहू ठकुरानी की यह बात ठाकुरबाड़ी के महिला-महल में वायुवेग से प्रचारित हो गई। डॉक्टर सूर्यकुमार चक्रवर्ती की विलायत-रिटर्न लड़की के गुणावलियों की बातें, कितने ही प्रकार से मुझ तक पहुँचने लगीं। उसी के साथ सुनाई पड़ने लगा मुझे लेकर ठाकुरबाड़ी का हताशा भरा नि:श्वास। सच ही तो है ठाकुरपो, कहाँ सूर्यकुमार की विलायत-रिटर्न लड़की, और कहाँ ठाकुरबाड़ी की बाजार सरकार की बेटी। मैं क्रमश: ठाकुरबाड़ी के करुणा की पात्र बनती चली गई।

ठाकुरपो, ठाकुरबाड़ी के रूपकुमार, सचमुच रूप गुण से ज्योतिर्मय स्वयं ज्योतिरिन्द्रनाथ की पत्नी लायक कोई भी योग्यता मुझमें नहीं थी—कभी भी वह योग्यता अर्जित भी तो नहीं कर पाई, तब भी उनके साथ मेरा विवाह क्यों हुआ? यह बात किसी ने कभी सोचकर भी नहीं देखी। ठाकुरपो, मेरे साथ विवाह न होने से तुम्हारे नोतुन दादा का विवाह ही तो नहीं होता। मैं ही थी तुम लोगों की सबसे सहज मुक्ति का उपाय। तुम्हारी पहुँच में थी मैं, तुम लोगों की ही बाड़ी के गरीब महल में निचले तले पर। किसने बाबा मोशाय के कानों में मेरी बात डाली थी मुझे

नहीं पता। मेरा भाग्य! मेरी नियति! बाबा मोशाय की आज्ञा तुम्हारे नोतुन दादा के पास पहुँची, मुझे ब्याहने हेतु। तब उन्हें सूर्यकुमार की पुत्री के विषय में बताया ही नहीं गया, ऐसा शायद नहीं था। किन्तु उन्होंने अनसुना कर दिया। मेरी तरह सहज लभ्य और कौन था बोलो?

ठाकुरबाड़ी के पुरुष—वह पुरुष जितना भी रूपवान हो, गुणवान हो, जैसे तुम्हारे ज्योति दादा, जैसे तुम स्वयं—उस पुरुष के लिए दुलहन प्राप्त करना सहज नहीं था। ठाकुरपो, सिर्फ चार महीने हुए हैं तुम्हारे विवाह को। अभी तुम अपनी नई दुलहन को लेकर काफी रमे हुए हो—यही स्वाभाविक है। पुरातन को तुमने विदा दे दी है। नूतन ही तुम्हारा सब कुछ है। किन्तु एक दिन तुम्हें भी आभास होगा ठाकुरपो, कि तुम भी बाबा मोशाय की उसी आज्ञा से अत्यन्त निम्न तल पर विवाह करने को बाध्य हुए हो। तुम्हारी पत्नी के पिता ठाकुरबाड़ी के ही कर्मचारी हैं—अपने योग्य पत्नी क्या तुम्हें मिली ठाकुरपो?

अर्थ, आभिजात्य, रूप-गुण कुछ भी, किसी भी आकर्षण में हिन्दू घरों की वैसी बेटियाँ तुम्हारी बाड़ी में नहीं आएँगी—जिन बेटियों की वंश-मर्यादा, शिक्षा-दीक्षा तुम्हारे समतुल्य है। क्योंकि तुम लोग तो हिन्दू नहीं हो। ब्राह्म हो। जिस शालिग्राम शिला को साक्षी

रखकर हिन्दू वैवाहिक अनुष्ठान सम्पूर्ण करते हैं, तुम लोग तो उस शालिग्राम शिला को ही नहीं मानते हो। उस पर तुम लोग मुसलमानों के हाथ का जल ग्रहण करनेवाले एक गोत्री पिराली ब्राह्मण! एक शब्द में कहूँ तो तुम लोगों को कोई भी हिन्दू ब्राह्मण परिवार, ब्राह्मण ही नहीं समझता। इसलिए ऐसा परिवार कैसे चटपट तुम्हें अपनी बेटी दे देगा?

मेरा परम सौभाग्य अथवा अमोघ नियति कि मुझे तुम लोग सहज ही पा गए। मेरे पिता को तो 'ना' कहने की हैसियत ही नहीं थी। स्वयं मोशाय साहब का आदेश था—तुम्हारे ज्योति दादा को भी तो प्रतिवाद करने का साहस न हुआ। मेरी उम्र तब केवल नौ वर्ष की थी। उनकी उन्नीस। विद्या-बुद्धि में मुझसे कितने आगे! सत्य ही तो, कितना बड़ा सौभाग्य था मेरा—बिल्ली के भाग्य से छींका टूटा था, बिना किसी योग्यता के ही ठाकुरबाड़ी की बहू, स्वयं ज्योतिरिन्द्रनाथ की पत्नी बन गई थी मैं—केवल मात्र अपनी सहज लभ्यता की योग्यता से, सिर्फ तुम लोगों की कन्या खोजने के परिश्रम को सहज ही मिटा देने भर से।

रवि, मेरे प्राण प्रिय रवि—मेरे समस्त दुख, सम्पूर्ण पराजय और सारे अपमान एक तरफ। और एक तरफ तुम। ठाकुरबाड़ी में मेरी एकमात्र उपलब्धि तुम हो, तुम ठाकुरपो, सिर्फ तुम। नौ वर्ष की

उम्र में इस ठाकुरबाड़ी में आकर तुम्हें ही अपना क्रीड़ा संगी पाया, अपना दोस्त। बचपन से जब किशोरावस्था में पहुँची, जब मेरा शरीर और मन भिन्न तरह का होने लगा, जब मेरी इच्छाओं की रंगत बदल गई, तब तुम्हें ही अपना बन्धु पाया। अपना एकमात्र बन्धु। मेरे प्रति ठाकुरबाड़ी की समस्त अवहेलना, सम्पूर्ण वितृष्णा का मानो तुमने प्रतिशोध ले लिया—मेरे परम पुरुष। यदि किसी ने कभी भी मेरे दाह को समझा है, तो वह तुम हो। मुझे याद है, नन्दनकानन में रात्रि के अँधेरे में मुझे जकड़ते हुए तुमने कहा था—'नोतुन बोउठान, तुम्हें क्या दग्ध कर रहा है, मैं जानता हूँ।' तुम्हारी तरह बातें करना इस बाड़ी में किसी को भी नहीं आता। तुम्हारी बातें सुनकर, तुम्हारे हृदयस्थल के आश्रय में उस रात मुझे लगा था, सचमुच मेरे अन्तरतम की समस्त ज्वाला-यंत्रणा को शीतल करती वृष्टि हुई है। मुझे लगा था—कि तुम चिरकाल के लिए मेरे हो। मुझे लगा था, नहीं-नहीं, विश्वास हुआ था ठाकुरपो—कि तुम्हारे उस मन को, जो मेरे अपमान को समझता है, जो मेरे एकाकीपन को महसूस करता है, जो सब समय मेरे मन को छूता रहता है—उस मन को मैंने चिरकाल के लिए पा लिया है। उस मन के ऊपर और किसी का भी अधिकार नहीं है—इसी विश्वास के जोर पर ही तो अब तक मैं जीवित थी।

ठाकुरपो, मन फिर से विचलित होता जा रहा है। कैसे भी करके वश में नहीं ला पा रही हूँ। कितनी शीघ्रता से मेरे जीवन के

अन्तिम दिन का इतना समय व्यतीत हो गया! अभी तो दोपहर हो गई, अपने कक्ष की खिड़की से देख रही हूँ बामन ठाकुर (रसोइया महाराज) तुम लोगों के कमरे में दोपहर का भोजन रखकर गए हैं—तुम आजकल अपनी नई पत्नी के साथ अपने ही कमरे में भोजन करते हो। तुम्हारे नए जीवन ने इन चार महीनों में ही तुम्हें कितना बदल दिया है। पहले मेरे हाथों के भोजन के बिना तुम्हारा मन ही नहीं भरता था। कुछ न कुछ तुम्हारे निमित्त पकाना ही पड़ता था। अब बामन ठाकुर के भोजन से ही तुम खुश हो। तुम्हारे ज्योति दादा अवश्य ही इस बाड़ी के भोजन को मुँह से भी नहीं लगाते। वे रहते ही कब हैं जो खाएँगे? भूल ही गई हूँ कि कब उनको देखा है। उन्हें मझली बहू ठकुरानी की बाड़ी में अधिक आराम प्राप्त होता है—उन लोगों की बाड़ी के साहबी भोजन में ही उन्हें ज्यादा तृप्ति होती है।

ठाकुरपो, आज मेरा उपवास है। रसोईघर में यह खबर मैंने प्रात:काल ही भिजवा दी है। आज मेरा दरवाजा बन्द रहेगा। इस दरवाजे को मैंने बन्द किया है। मैं खोलूँगी भी नहीं। तुम लोग खोलना—मेरी मृत्यु के पश्चात। उस बन्द दरवाजे को खोलने की अभिज्ञता से शायद तुममें किसी रचना का जन्म हो कभी—कौन कह सकता है! मैं तुम्हारी उस रचना की आड़ में बची रह जाऊँगी।

ठाकुरपो, आज मेरे कमरे में कोई भी नहीं आएगा। कोई भी नहीं। आज मैं मृत्यु व्रत का पालन कर रही हूँ। एक ही साथ वेदना और आनन्द दोनों मेरे हृदय में बज रहे हैं। आज मेरा निर्जला उपवास है—जिससे क्रमशः मैं दुर्बल होती जाऊँ, जिससे मरने में उतनी तकलीफ न हो।

फिर भावनाएँ अस्त-व्यस्त हो जा रही हैं। सर के भीतर झिमझिम हो रहा है। तब भी लिख रही हूँ। मैं ही लिख रही हूँ यह भी तो सत्य नहीं है। कोई एक मुझसे ये सारी बातें लिखवा ले रहा है। याद आ रही है कुछ एक वर्ष पहले की बातें। किन्तु उससे पहले तुमसे एक और बात कहती हूँ। मुझे बड़ी प्यास लग रही है। कमरे के कोने में पत्थर की मेज पर सुराही में भरकर जल रखा है। किन्तु एक बूँद भी जल नहीं पीऊँगी—चाहे जितनी भी प्यास लगे। जल पीने से ही मेरा व्रत भंग जो हो जाएगा। अपितु मेज के ऊपर सर रखकर थोड़ा सुस्ता लेती हूँ ठाकुरपो—सर इतना झिमझिम क्यों कर रहा है बोलो तो?

सामान्य-सी ही घटना है। फिर भी याद आ गई। विगत चार महीने सिर्फ इसी तरह की कितनी घटनाओं को याद कर-करके ही तो जीवित रही हूँ मैं। केवल स्मृतियों के बीच जीवित रहना। वर्तमान जैसे मेरे लिए थम सा गया है। केवल स्मृतियाँ आती हैं, मन कैसा तो हो जाता है, अतीत ही वर्तमान बन जाता है—ऐसे ही जीवित थी। तुम्हारे विवाह के बाद चार महीने मेरे अतीत में ही व्यतीत हुए हैं। धीरे-धीरे लगा, क्या लाभ है इस तरह अतीत के बीच जीवित रहकर भी। इससे तो मर जाना ही बेहतर है।

जिस घटना की बात कहने जा रही थी—एक दिन संध्या समय खिड़की के पास चुपचाप बैठकर माला गूँथते-गूँथते मैं सो गई थी, तुम मेरे कमरे में आए।

मेरी उड़ती लटों को कपाल से सरकाकर मेरी पीठ पर हाथ रखते हुए नरम स्वर में पुकारा—नोतुन बोउठान!

मैंने तुम्हारी ओर देखा। तुमने कहा, जिस तरह इस भुवन में सिर्फ तुम ही कह सकते हो, लगा जैसे कविता, लगा जैसे

गान, लगा जैसे प्रेम—मुझे ही निवेदन किया हो तुमने।

सोचती थी कि शायद वह सब भूल गई हूँ मैं। किन्तु भूला जा सकता है क्या ठाकुरपो। तुम्हारी बातें जो फूलों की तरह मेरी मनोभूमि पर झर रही थीं!

तुमने कहा, 'नोतुन बोउठान, माला गूँथते-गूँथते खिड़की के पास बैठकर ऐसे हथेली पर सर रखकर किसके बारे में सोच रही हो? तुम्हारे आँचल में फूल पड़े हुए हैं और तुम माला गूँथना भूल गई हो!' ठाकुरपो, तुम्हारी हथेली को अपने गालों से सटाकर मैंने कहा था, 'तुम्हारे लिए ही माला गूँथ रही हूँ ठाकुरपो, तुम्हारे ही बारे में सोचते-सोचते भूल गई हूँ माला गूँथना।'

तुमने कहा, 'मेरे बारे में सोचते-सोचते माला गूँथना नहीं भूली हो। भूली हो वह जो मन्थर-मन्थर वायु बह रही है और हौले-हौले कानों में क्या तो कह रही है—उस लिए। वह जो आँखों के ऊपर मेघ तैरते हैं, पंछी उड़ रहे हैं, और सारे दिन लगातार बकुल के फूल गुच्छे-गुच्छे झर रहे हैं, भूली हो उनके कारण।'

मैं तुम्हारी बातें सुनकर किस तरह विह्वल हो उठी। तुमने मेरी अधूरी गूँथी माला मेरी गोदी से ले ली। मेरी चोटी में लगा दिया। उसके बाद जरा झुककर कानों के पास मुँह ले जाकर कहा, 'नोतुन बोउठान, तुम्हारी ग्रीवा लोभनीय हो गई है। अचानक तुम्हारे होंठों ने मेरी उन्मुख ग्रीवा को प्यार किया।' तुमने मेरे कर्ण कुहरों में कहा, 'नोतुन बोउठान, तुम्हारा यह मधुर आलस्य, यह

मधुर आवेश, मधुर चेहरे की यह हँसी—मेरे प्रेम में ही इनकी बहुमूल्यता का परिमाण है।'

ठाकुरपो, मेरी हँसी, जिसके लिए सचमुच तुम एक दिन पागल हो गए थे, उसी हँसी को देखने के लिए तुम्हारी कितनी तो बातें थीं, कितनी बदमाशियाँ, कितना कूट-कौशल, कौतुक—सच-सच बतलाओ ठाकुरपो उस हँसी की तुम्हें आज भी याद आती है?

तुमने ही तो एक दिन मुझसे कहा था, 'धीरे-धीरे प्राणों में मेरे आओ हे, मधुर हास से प्रेम सुधा बरसाओ हे!' वही गीत फिर एक दिन अपनी नई पत्नी की ओर देखते हुए तुम कैसे गा पाये रवि! याद आ रहा है, दक्षिणी बरामदे में उस दिन कोई भी नहीं था। केवल तुम और मैं थे। संध्या समय नहाकर छत पर जाने के लिए प्रस्तुत हो रही थी, तुम दौड़ते हुए आए मेरी ठुड्डी पकड़कर चेहरा उठाया। मेरी दृष्टि तुम्हारी आँखों में अटक गई थी।

तब तुमने क्या कहा था भूल नहीं पाई हूँ। कहा था, 'तुम्हारी इस चकित चितवन का दान संसार में सभी को छोड़कर मेरी ही झोली में आ पहुँचा है। नोतुन बोउठान, इसे मैं रखूँगा गीतों में गूँथकर, छन्दों में बाँधकर। मैं इसे सौन्दर्य की अमरावती में सहेजकर रखूँगा।'

मैंने कहा, 'ठाकुरपो, मेरे नैनों के नीर में वह सुधा नहीं है जिससे एक निमिष की चितवन को चिरकाल के लिए बचाकर रखा जा सके। मेघ के सकल सुनहरे रंग जिस संध्या में मिल जाते हैं, उसी संध्या एक दिन वह चितवन भी में घुल-मिल

जाएगी। हजार बातों की भीड़-भाड़ में, हजार वेदनाओं के स्तूपों के मध्य तुम आज के इस क्षण को भी कहीं गुम कर दोगे।'

तुमने मेरी बातों के जवाब में विशेष कुछ नहीं कहा। कहा देर रात को, छत पर अँधेरे में। क्या कहा था आज तुम्हें याद नहीं है। तुमने कहा था, 'नोतुन बोउठान, मुझे नहीं चाहिए राजाओं का प्रताप, मुझे नहीं चाहिए धनियों का ऐश्वर्य। तुम्हारी आँखों की माया ही मेरा सदा-सर्वदा का धन है। उसी से तो मैं असीम के कंठ का हार गूँथता हूँ।'

बन्धु, कितनी ही बातें याद आ रही हैं। जितना ही समय निकट आता जा रहा है, उतना ही जैसे किसी-किसी क्षण को जकड़कर बचे रहने की लालसा हो रही है। फिर उन्हीं क्षणों के निमित्त भर बचे रहने के कष्ट को सहन करने की शक्ति मुझमें नहीं है। याद आ रही है वह दुपहरी। सुबह से ही बारिश हो रही है। कभी-कभी जरा धीमी हो जाती है। पुन: तेज हवा से मत्त हो जा रही है।

कमरे में दिन में ही बाती जला रखी हूँ। हवा के झोंकों से उसकी शिखा कम्पित हो रही है। काम में एकदम ही मन नहीं लग रहा है। अचानक तुमने अपने कमरे में वर्षा गीत का मल्हार सुर में साधा।

तब तुम्हारा-मेरा जीवन दूसरी तरह का था। तब तुम्हारा कमरा सिर्फ तुम्हारा कमरा था। उस कमरे में मेरी गतिविधियाँ अबाध थीं। हमारे बीच किसी कुंठा का पर्दा न था। तुम्हारे मल्हार ने मुझे पुकारा। जैसे आकाश गा रहा था ठीक वैसे

ही तो तुम भी गा रहे थे। पास के कमरे से एक बार तुम्हारी चौखट तक गई।

पुन: लौट गई। फिर बाहर आकर एक बार ठिठक गई। उसके बाद तो तुम्हारे मल्हार की पुकार से विवश बिना भीतर गए नहीं रह पाई। आहिस्ता-आहिस्ता भीतर आकर तुम्हारे पास बैठ गई। तुम्हें याद है ठाकुरपो? या कि सब भूल गए हो?

मेरे हाथों में सिलाई का कुछ कार्य था। मैं सर झुकाकर तुम्हारे पास बैठकर ही सिलाई का काम करने लगी। तुहारे आकाश सदृश गीत ने, अपने समस्त मेघ-वृष्टि-झड़-विद्युत के साथ मेरे सम्पूर्ण शरीर को प्यार से भिगो दिया था। वैसा प्रेम तुमसे मुझे कभी भी नहीं मिला था।

वृष्टि रुक गई। तुम्हारा गाना रुक गया। मैं अपना सिलाई-कार्य बन्द कर खिड़की के बाहर धुँधले पौधों को ताकती रही। ऐसा लगा जैसे मेरे जीवन की भाँति वे भी धुँधला गए हैं।

उसके बाद बिना एक शब्द भी कहे मैं अपने कमरे में लौट आई बाल बाँधने। ठाकुरपो, उस दिन मैंने स्नान नहीं किया कि कहीं तुम्हारा प्यार न धुल जाए। जैसे नागकेशर के सुनहरे रज धुल जाते हैं बारिश से।

ठाकुरपो, मैं तुम्हें पहचानती हूँ, जानती हूँ, अपने निकट पाया है, प्यार किया है सत्रह साल तक।

कैसे तुम्हारे बिना रह सकती हूँ ठाकुरपो? तुम विलायत

चले जाओगे; तुम्हारे बिना रहना होगा, ठाकुरबाड़ी के बन्धुहीन परिवेश में इस यंत्रणा को कैसे सहन कर पाऊँगी—यही बात सोचकर मैंने आत्महत्या की चेष्टा की थी। किन्तु मर नहीं पाई। शायद तुम्हारे ही कारण नहीं मर पाई ठाकुरपो।

इस बार तो मर पाऊँगी न? मृत्यु के उपरान्त तुम्हें छोड़कर कैसे रह पाऊँगी ठाकुरपो?

तुम्हारे विवाह की सब बातें जब पक्की हो गईं, जब तुम्हारे पास लौटने का कोई रास्ता न बचा, जब मैंने जाना कि तुम्हें सदा-सर्वदा के लिए खो दिया है, मेरा रवि अब और किसी का है, तब तुम मेरे साथ शतरंज खेलने आए थे।

मेरे साथ शतरंज खेलने में तुम कभी जीत नहीं पाते थे। दिखाते ऐसा मानो जानबूझकर ही हारे हो।

मैंने कहा, 'मैं हार गई हूँ रवि। मैं नहीं खेलूँगी।'

तुमने कहा, 'तुम ही तो जीत गई हो बोउठान। मेरा ही जीवन उलट-पलट हो जाएगा। नोतुन बोउठान, तुम तो तब भी एकाकी रह पाओगी इतने वर्षों की तुम्हारे-मेरे मिलने-जुलने की, देखा-देखी की, कहने-सुनने की, उन्हीं के इर्द-गिर्द कितने सपने, कितनी अपेक्षाएँ, कितने ही इशारों की स्मृतियों को लेकर।

मेरे जीवन से एकाकित्व का वह गौरव ही मिट जाएगा। चाहकर भी मैं तुम्हारी आँखों के शुक्रतारे की चमक, तुम्हारे बालों की चमेली-फूलवाली गंध, तुम्हारी हँसी के संकेतों की स्मृतियों के साथ अकेला नहीं हो पाऊँगा। नए रिश्ते के माँग की भीड़ में मेरा दम घुटने लगेगा।'

ठाकुरपो, तुम्हारी बातें सुनकर मेरी आँखें भर आईं। कैसे भी करके अपनी वेदना को छिपा न सकी।

तुम मेरे कमरे में पलंग पर काफी देर तक बैठे रहे। तभी अचानक मेरे दोनों हाथों को अपने हृदय से लगाकर तुमने कहा, 'न जाने कितने ढंग से तुमने मेरा नाम लेकर पुकारा है बोउठान! उस नाम पर, उस पुकार पर जिस मनुष्य ने इतने दिनों तक उत्तर दिया है वह तो केवल विधाता की ही रचना नहीं है। नोतुन बोउठान, वह मनुष्य तुम्हारी भी तो सृष्टि है।'

मैं अपने आप को एकदम ही सँभाल न सकी। तुम्हारे हृदय से लग मैं फूट-फूटकर रोने लगी।

तुम्हारी बातें तुम्हारे गम्भीर आलिंगन में एकाकार होने लगीं। मुझे याद हैं वे बातें—'नोतन बोउठान, कभी प्यार से तो कभी फटकार से, कभी सकारण तो कभी अकारण—कभी सबके समक्ष तो कभी निविड़ एकान्त में, केवल एक ही मनुष्य के मनोनुसार मैं गढ़ा गया हूँ। और जिस मनुष्य ने इतने वर्षों से मुझे गढ़ा है, वह तुम हो बोउठान! वह तुम हो।'

ठाकुरपो, उस दिन तुम्हारी बातों के उत्तर में एक शब्द भी नहीं कह पाई थी मैं। वेदना के कुहासे में मैं डूब गई थी। आज जाने के समय तुमसे कहती हूँ—'यह जो हमारा सत्रह वर्षों का जीवन था, कितनी स्मृतियाँ, कितनी टटकी गंध, कितने थके सुर, कितने बारिशों जैसे प्यार के पल—ये सब कहाँ रहेंगे? तुम तो अब उन्हें

बुलाकर अपने कक्ष में ले जाकर रख भी नहीं पाओगे ठाकुरपो, मेरे ही साथ उन्हें भी विदा कर देना। वे हवाओं के संग उड़कर कहीं चले जाएँगे। उन्हें पुन: ढूँढ़ने मत निकलना।'

रवि, याद है तुम्हें, तुम्हें पानता-भात* खाना बहुत पसन्द था? चिंगड़ी माछ की चड़चड़ी** के साथ पानता-भात! स्कूल से लौटते ही तुम्हें जोरों की भूख लगती। तब पानता-भात ही खाते। और खाना तुम्हें मुझे ही देना होता था। नहीं तो तुम्हें रुचता ही नहीं था।

विलायत से आते ही तुमने पानता-भात और चिंगड़ी चड़चड़ी खाने की इच्छा जाहिर की। मैं तो अवाक् थी। मैंने कहा—'ठाकुरपो, कितने स्वादिष्ट-स्वादिष्ट भोजन खाकर आ रहे हो, मेमसाहबों के हाथों का भोजन, अब क्या मेरे हाथों तैयार पानता-भात और चिंगड़ी चड़चड़ी तुम्हें स्वादिष्ट लगेगी?'

तुमने हँसकर कहा—'नोतुन बोउठान, सारी सृष्टि का भ्रमण करके भी जो स्वाद दुर्लभ रहा, वह है तुम्हारे हाथों तैयार किया गया पानता-भात का स्वाद। ठीक जैसे बचपन में देती थी वैसे ही दो तो, चिंगड़ी माछ की चड़चड़ी के साथ पानता-भात, थोड़ी सी हरी मिर्च के आभास के साथ। वह आभास एकदम तुम्हारे हाथों का ही होना चाहिए। वैसा कोई और बना ही नहीं पाता नोतुन बोउठान!'

---

* भात में पानी डालकर बनाया गया एक व्यंजन। चावल का किण्वित रूप।
** विशेष तरह से बनाई गई सब्जी।

कितनी ही बातें हैं जो याद आ रही हैं ठाकुरपो! बेतरतीब तरीके से। खैर! मन को तटस्थ कर दिया है। जीर्ण मन स्वयं को थोड़ा हल्का कर ले। और भार वहन नहीं कर पा रहा है। तुम जिसे कहते थे—निचले तले का 'चार दीवारों वाला बन्द डिब्बा', जहाँ हम जैसे गरीब आत्मीय स्वजन फँस गए थे, वहाँ से मुक्ति पाकर जब मैं ठाकुरबाड़ी की बहू होकर तुम लोगों के घर के अन्दर-महल में पहुँची, तब देखा कि इस घर के रहन-सहन बिलकुल ही अलग थे। क्रमशः वह ठाकुरबाड़ी भी परिवर्तित हो गई। यहाँ अब साँस भी नहीं लिया जा सकता। कम से कम मैं तो नहीं ही ले पा रही। मेरे लिए जोड़ासाँको की बाड़ी मानो एक प्रेतपुरी है—यहाँ मैं जीवित हूँ या मर गई हूँ, कई बार यही नहीं समझ पाती। इस बाड़ी का सारा आनन्द, सारे समारोह बुझ गए हैं, कम से कम मेरे लिए। गीत-संगीत की जो महफिलें इस बाड़ी में जमती थीं, कितने नाटक, कविता, कहानियों का रंगमंच, सब अदृश्य हो गए। सुना है, मझली बहू ठकुरानी के कक्ष में अब साहित्य-सभाएँ होती हैं। जितना भी प्रकाश है सब वहीं है। मेरे कमरे में सामान्य दीया ही मेरा सम्बल है। मझली बहू ठकुरानी की महफिल में मुझे बुलाया नहीं जाता।

अचानक याद हो आई तुम्हारी माँ की, मेरी सासू माँ ठकुरानी की। भीतर की रेलिंग वाली छत पर वे संध्या समय चटाई बिछाकर बैठी हैं। उनकी सहेलियाँ उन्हें चारों ओर से घेरकर बैठी हैं। हल्के-फुल्के हँसी-मजाक और परिचर्चा हो रही है। मेरी सासू माँ ठकुरानी की सहेलियों में कुछ एक दूसरे घरों की खबरें

जुहाने में विशेष दक्ष थीं। उनमें से एक को आचार्यिनी नाम से पुकारा जाता था। वे किसी ब्रह्म आचार्य जी की बहन थीं। वे जिन सब खबरों का संग्रह कर ले आती थीं उनमें अधिकांशत: सुनी-सुनाई खबरें रहतीं। अथवा शुद्ध मनगढ़न्त। किन्तु सासू माँ ठकुरानी उन्हें ही सर्वाधिक पसन्द करती थीं उनके रसीले गल्पों के कारण। यद्यपि मेरा छत की उस बैठक में प्रवेशाधिकार नहीं था। किन्तु तुम भी तो एक, एक दिन अपनी विद्या-बुद्धि प्रदर्शित करने उस महिला-महल में घुस गए।

ठाकुरपो, उस समय तुम और मैं एक ही साथ लिखना-पढ़ना सीख रहे थे। तुम्हारी नई सीखी विद्या को प्रकट करने के लिए एक सहज जगह थी तुम्हारे लिए तुम्हारी माँ की सहेलियों का वह सांध्यकालीन जमावड़ा। तुम अपनी सद्य: सीखी पुस्तकीय विद्या लेकर अक्सर ही वहाँ भाग जाते। कभी इस तथ्य की जानकारी देकर कि सूर्य पृथ्वी से नौ करोड़ मील दूर है, माँ की सहेलियों को हतप्रभ कर देते तो कभी वाल्मीकि-रामायण के संक्षिप्त संस्करण के दूसरे भाग से किसी अंश का धाराप्रवाह वाचन करते। तुम्हारी इस विद्या-बुद्धि प्रदर्शनी के कार्यक्रम में मुझे खूब आनन्द आता।

बाड़ी की भीतरी छत पर ठाकुरबाड़ी की महिला मंडली ने अपना कब्जा जमा लिया था। यह छत ठाकुरबाड़ी के भंडारघर का घनिष्ठ आत्मीय था। लड़कियाँ दोपहर में छत पर कई कार्य एक साथ करने जातीं। धूप में अपने बाल सुखातीं। पाचक नीबू भी उसी धूप में सुखाए/बनाए जाते। पीतल का गमला भरकर

उड़द की पीसी हुई दाल लेकर छत पर ही बड़ी बनाई जाती।

उसी महिलाओं वाली छत पर ही तुम्हारे साथ मेरी प्रथम दोस्ती हुई थी ठाकुरपो। तब तुम्हारी उम्र सात वर्ष थी। मैं तुमसे दो वर्ष बड़ी थी। कच्चे आमों की फलियाँ काटकर अमचुर सुखाया जाता। तुम्हारी दृष्टि उधर ही थी। तुम सरसों तेल में भिगोये कटहल के अचार के मर्तबानों के इर्द-गिर्द भी चक्कर काटते। पकड़े जाने की सम्भावना देखते ही ऐसा भान करते मानो तुम्हारा छत पर आने का प्रधान उद्द्देश्य कौए उड़ाकर मेरी सहायता करना हो।

ठाकुरपो, आज तुम सब कुछ भूल गए हो, मैं नहीं भूल पाई। बाड़ी में तुम ही मेरे एकमात्र देवर थे। हमारी दोस्ती की शुरुआत हुई थी आमपापड़ के बहाने—तुमको तो याद नहीं होगा। तुमको मैंने ही अपने आमपापड़ का पहरेदार नियुक्त किया था। तब से ही तुम्हें मन ही मन बहुत प्यार करने लगी थी मैं। अपने सभी छिटपुट कामों में संगी चाहती थी। तुम भी एक कदम आगे ही थे। स्कूल जाना तो तुम हरगिज ही नहीं चाहते थे। उसका एकमात्र कारण मेरे साथ तुम्हारी दोस्ती का आकर्षण था, तुम क्या सोचते हो वह क्या मैं नहीं समझती थी। तुम स्कूल से छूटते ही सीधा चले आते थे मेरे कमरे में। वहाँ मैंने ही तुम्हें सरौते से सुपाड़ी काटना सिखाया था। खूब महीन सुपाड़ी काटने लगे थे तुम। मैं जैसे ही तुम्हारी कटी सुपाड़ियों की प्रशंसा करती, वैसे ही तुम

और भी जल्दी-जल्दी और बारीक सुपाड़ी काटने लगते। मैं मन ही मन खूब आनन्दित होती।

ठाकुरपो, इस बाड़ी की बहू बनकर आने के बाद तुमने ही मुझे मुक्ति का प्रथम स्वाद चखाया था, मुझे मेरे स्वाधीन देश से परिचित करवाया। मुझे एक दिन उषाकाल में बाहरवाली छत पर ले गए थे।

कह गए थे कि मैं अपने कमरे से निकलकर खूब तड़के आकर तुमसे तीसरे तले पर बाबा मोशाय के कमरे के सामने मिलूँ। मैंने वही किया। दबे पाँव वहाँ गई।

देखा, तुम वहाँ खड़े थे। कहा—'और जरा सी देर करती तो देख नहीं पाती। मैं कब से प्रतीक्षा कर रहा हूँ।'

मैं तो अवाक थी। किसको देखूँगी इतने प्रात:काल। तुम मेरा हाथ पकड़कर दौड़ते हुए मुझे बाहरवाली छत पर ले गए। छत की कोठरी की आड़ में खड़े होकर दूर से देखा—सूर्योदय हो रहा है।

मेरे जीवन का वही प्रथम सूर्योदय था। तुम्हारा हाथ पकड़कर। मेरे जीवन का वही सूर्य आज अस्त हो जाएगा। अब और कुछ ही घंटे बाकी हैं। तुम कहाँ हो ठाकुरपो?

ठाकुरपो, याद है तुम्हें, कारण-अकारण कितनी चिट्ठियाँ लिखा करते थे मुझे। एक ही बाड़ी में एक ही छत के नीचे थी मैं, फिर भी तुमने चिट्ठी लिखी है। जो बातें मुँह से कहते नहीं थे,

चिट्ठी में कह देते। ऐसा नहीं है कि मैंने भी तुम्हें पत्र नहीं लिखे हैं, तब भी तुम्हारी तरह क्या मैं लिख सकती हूँ? तुम्हें दुख था कि तुम्हारी चिट्ठियों के उत्तर मैं हर बार नहीं लिखती थी। इसके अलावा, मेरें पत्र छोटे होते थे—यह भी तुम्हारे दुख का कारण होता। आज तुम्हारे उस दुख को हो सकता है थोड़ा-सा कम करके जा रही हूँ।

मेरे रवि, तुमने जितनी भी चिट्ठियाँ लिखी हैं मुझे, मैंने तुम्हें जितनी भी लिखी हैं, सब मेरे पास, मेरी अलमारी के गोपन ड्रायर में थीं जहाँ किसी के हाथों के पहुँचने की कोई सम्भावना ही नहीं थी। अपने विवाह के कुछ दिन पहले तुम मेरे कमरे में आए। निर्जन दोपहरी में, जैसे तुम आते थे। मेरे साथ न जाने कितना समय तुमने अलसाई दोपहर में व्यतीत किया है। उस दिन, तुम्हारी आँखों को देखकर ही समझ गई थी कि आज की दोपहर अलग तरह की होने वाली है।

गम्भीर वेदना-बोध और हताशा तुम्हारी आँखों में झिलमिला रही थी।

तुमने आते ही मेरे हाथों में हाथीदाँत की नक्काशी वाला काठ का एक बक्सा पकड़ा दिया। बोले, 'नोतुन बोउठान, इस बक्से में मुझे लिखी तुम्हारी सब चिट्ठियाँ हैं। आज से तुम ही इन्हें आश्रय दो।' मुझे लगा, रुलाई रोककर तुमने वे बातें मुझसे कहीं। उसके पश्चात द्रुतगति से मेरे कमरे से चले गए।

उस दिन के बाद फिर कभी तुमने मुझे चिट्ठी नहीं लिखी। मैं रोज ही सोचती, आज अवश्य ही चिट्ठी पाऊँगी। किन्तु फिर कभी भी कोई चिट्ठी नहीं आई। अचानक जैसे तुम्हारा प्रेम मरुपथ में किसी धारा के समान गुम हो गया। अथवा मुड़ गया किसी और के लिए किसी दूसरी राह की ओर।

आज तुम्हारे और अपने सभी पत्रों को अपने लिखने वाली मेज पर बिखेर दिया है। उन्हें मैं मुक्त करके जा रही हूँ ठाकुरपो। मेरी चिता की अग्नि में, मेरे ही साथ उनका भी अन्त हो—यही मेरी अन्तिम अभिलाषा है।

ठाकुरपो, एक चिट्ठी में तुमने लिखा है—चिट्ठी लिखी थी तुमने विलायत से लौटकर ही—तुमने लिखा है :

"मेरी नोतुन बोउठान, दो वर्ष पश्चात विलायत से वापस आकर देखता हूँ कि जिस उन्नीस वर्ष की लड़की को छोड़कर गया था, और जिस इक्कीस वर्ष की लड़की के पास वापस आया हूँ, वे मानो एक लड़की नहीं हैं। सच बताओगी बोउठान—तुम क्या मेरे लौट आने का रास्ता नहीं देख रही थीं?

"वापस आकर धीरे-धीरे समझ पा रहा हूँ कि ठाकुरबाड़ी में इक्कीस वर्षीया तुम कितनी अकेली हो! तुमको, हमारे कर्मचारी श्याम गांगुली की बेटी होने के कारण हमारे घर की महिलाओं

के कितने उलाहने सुनने पड़ते हैं, यह बात मैं समझ सका हूँ। तुम्हें बातें सुननी पड़ती हैं क्योंकि तुम्हारे शरीर का रंग काला है। जबकि तुम्हारा यही लावण्यमय श्यामल वर्ण मुझे कितना प्रिय है यह तो तुम जानती ही हो। तुम नि:सन्तान हो, इस कारण भी तुम पर दोषारोपण करने का सभी सुयोग ढूँढ़ते रहते हैं। नोतुन बोउठान, इस बाड़ी में बारम्बार तुम्हें जितना ही तकलीफ में देखता हूँ, उतना ही जैसे तुम्हें और और प्रेम करने लगता हूँ। तुम्हारे प्रति मेरा यही प्रेम ठाकुरबाड़ी की हृदयहीनता के विरुद्ध मेरा प्रतिवाद भी है, तुम ऐसा कह सकती हो।

"इतनी सब प्रतिकूलताओं के बावजूद मेरे विलायत से लौटते ही हमारे दोनों के जीवन में जैसे बाढ़ आ गई। मेरा उन्नीस और तुम्हारा इक्कीस जैसे उसी बाढ़ में बह गया—बन्धनहीन ग्रन्थि से हम दोनों एक-दूसरे से बँध गए, कहीं कोई भी बाधा नहीं। यह जो युवावस्था की शुरुआत में ही मैं बंगभूमि में वापस आ गया हूँ—यह घटना घटी है सिर्फ तुम्हारे और मेरे भाग्य के खिंचाव से। कुछ और हो ही नहीं सकता था। वापस आकर ही तुम्हें पाता हूँ—भिन्न तुम! पाया फिर वह छत, वही चाँद, वही मनचाहा एकान्त स्वप्न, वही धीमे-धीमे क्रमश: चारों तरफ से प्रगाढ़ होता, प्रसारित सहस्त्र बन्धन! नोतुन बोउठान—यह तुम्हारा बन्धन है। मैंने मुक्ति नहीं चाही। किसी दिन चाहूँगा भी नहीं। मैं विलायत से लौटने से ही तुम्हारे नागपाश में जकड़ा घिरा हुआ चुपचाप बैठा हूँ। मुझे बहुत अच्छा लग रहा है नोतुन बोउठान!"

ठाकुरपो, यह और एक दूसरी चिट्ठी। सारी चिट्ठी में केवल बदमाशी। क्या सचमुच तुम मुझे इतना प्रेम करते थे? लिखते हो :

"नोतुन बोउठान, इतनी छल-चतुराई, प्रेम के इतने अनूठे खेल तुमने सीखा कहाँ से बताओ तो? उस दिन हम लोग सभी भोजन करने बैठे थे। ज्योति दादा, मैं और सँझले दादा। मझली बहू ठकुरानी और तुम परोस रही थीं। कितनी सुन्दर लग रही थीं तुम लालपाड़ की कढ़ाईवाली साड़ी में। तुमने मेरे नजदीक आते ही अपने सोने के कंगनों को खनकाया। कितने छलपूर्ण तरीके से तुमने अपने सोने की चूड़ियों को बजाया था। कौन क्या समझा नहीं जानता, मैं समझ गया कि यह कनक झंकार मेरे लिए है। और तभी मुझे लगा, तुम श्री राधा हो। क्षणभर में मेरी आँखों के सामने का दृश्य बदल गया। देखता हूँ कि तुम कंचन-कलश लिये यमुना में जल भर रही हो और जानबूझकर मेरे ही लिए कितने छलपूर्ण ढंग से तुम अपने कंगनों को खनका रही हो। मेरा मन मानो यमुना का जल हो नोतुन बोउठान। उसी जल में तुम उतरी हो। तुम्हारी ओर देखकर तुम्हारी चूड़ियों की खनखनाहट सुन मेरा मन कह उठा, इतने छलनामय ढंग से कंगनों को क्यों खनकाती हो? तुमने जैसे मेरे मन की बात समझ ली हो। मेरी थाली में परोसकर तुम मझले दादा की ओर आगे बढ़ तो गई किन्तु चकित नैनों से मेरी ओर ताकना तुम्हारा खत्म न हुआ। मेरा मन जैसे जल हो। तुम एक-एक कदम धीरे-धीरे उतर रही हो। तथापि मुझे लगता है जैसे तुम मेरे मन के जल-सोते में तैर रही हो। जल में हिलोर पैदा करके क्रीड़ा कर रही हो। अन्तत:

खाना-पीना शेष हुआ। मैं अपने कमरे में वापस आ गया। फिर भी वही तरंगें जो तुमने मेरे मन में पैदा की थीं वे सब खिलखिलाती तरंगें कलकल ध्वनि से मेरे मन में आँख-मिचौली खेलती रहीं। खिड़की से देखा, आकाश में बादल घिर रहे थे। लगा, जैसे वे बादल बागान किनारे तुम्हारे ही मुखमंडल को निहार रहे हैं। नोतुन बोउठान, अचानक ही तुम्हारे लिए मन में दो सहज-सरल पंक्तियाँ उभर आईं :

प्रकट करूँ किसकी छाया-छल मन की बातें
तेरे सतरंगी पत्रों पर लिखूँ प्राण की कौन सी वार्ता।

नोतुन बोउठान, ये दो पंक्तियाँ मन में आकर दो और पंक्तियाँ खींच लाईं। अपनी कॉपी में लिखकर रख लिया :

बन्धु, तुम क्या समझ सकोगे मेरी सहज बातें—मुझमें वाक-चातुरी की नहीं है कोई कला, कहने जाऊँ तो क्या रह पाएगी उनकी सरलता!"

प्राणप्रिय ठाकुरपो, तुम्हारी एक चिट्ठी तो मात्र कुछेक पंक्तियों की है। किन्तु चिट्ठी पढ़कर मुझे कितनी लज्जा आई थी। फिर अच्छा भी लगा था। अपने हृदय से लगाकर रखा था सारा दिन उस चिट्ठी को। यही वह चिट्ठी—मेरे साथ चिता में जलेगी। तुमने लिखा है :

तव ओष्ठ दशन-दंशने
टूटे जाक पूर्ण फलगुलि!

जब तुम शरारत पर उतरते हो ठाकुरपो, तुम्हारे साथ कौन पार पा सकता है? तुम तो भाषा के जादूगर हो—इसी एक पंक्ति में तुमने क्या नहीं कहा! आज जीवन के अन्तिम दिन पुन: एक बार हृदय से लगाकर रखने का मन कर रहा है, तुम्हारी इस एक पंक्ति को—मोह के इतने पाशों को कैसे छोड़कर जाऊँ ठाकुरपो?

रवि, और एक चिट्ठी में तुमने ऐसी कई पंक्तियाँ लिखी हैं जिन्हें शायद बचाकर रखना ही उचित होगा—भविष्य में इनका मूल्य बहुमूल्य हो सकता है। तथापि उन्हें भी जला देना—कारण इस चिट्ठी में भी तुम्हारा अवैध प्रेम उजागर हुआ है :

"नोतुन बोउठान, तुम्हें प्रतापादित्य की कहानियाँ सुनना अच्छा लगता है। आजकल प्राय: दोपहर के समय तुम्हारे निर्जन कमरे में तुम्हारे पास लेटे-लेटे तुम्हें प्रतापचन्द घोष की 'बंगाधिप की पराजय की कहानी' पढ़कर सुनाता हूँ। तुमको बताना चाहता हूँ कि तुमको ही कहानियाँ सुनाते-सुनाते और तुम्हारे हाथ-पंखे की हवा खाते-खाते मेरे मानस में 'बोउठाकुरानिर हाट' का नि:शब्द सृजन हुआ।"

ठाकुरपो, जो लोग तुम्हारे 'बोउठाकुरानिर हाट' को पढ़कर मुग्ध होंगे, अथवा न जाने क्या-क्या सोचेंगे, वे लोग क्या कभी जान पाएँगे इस बात को कि दोपहर के समय मेरे पास लेटे-लेटे मेरे हाथ-पंखे की हवा खाते-खाते ही पहली बार तुमने इस उपन्यास की कथावस्तु को सोचा था? तुमने जो मुझसे कहा है वह मेरा ही रहे, मेरे साथ तुम्हारे प्रेम की यह स्वीकारोक्ति भी भस्म हो जाए।

मेरे अत्यन्त दुलारे ठाकुरपो, तुम्हारी अधिकतर चिट्ठियाँ ही बड़ी छोटी हैं। बहुत छोटी चिट्ठी होने पर मेरा मन खराब हो जाता था। किन्तु धीरे-धीरे समझने लगी थी कि दो-एक बातों के माध्यम

से ही तुम इतनी बातें कह सकते हो कि तुम्हें ज्यादा लिखने की आवश्यकता ही नहीं होती। इसके अलावा, छोटी चिट्ठियों को छिपाकर रखना भी सहज है। हो सकता है ऐसा सोचकर भी तुम चिट्ठियों का कलेवर छोटा रखते थे। तब भी तुम्हारी चिट्ठियाँ कितनी भी छोटी क्यों न हों ठाकुरपो, मेरे लिए तुम्हारी कोई भी चिट्ठी पाकर समाप्त करना सम्भव न हुआ—आज भी। कितनी ही बार पढ़ा है उन सभी चिट्ठियों को। तब भी बार-बार पढ़ने की इच्छा होती है। जैसे यह चिट्ठी इसमें तुम लिखते हो :

"नोतुन बोउठान, फिर चले जाना होगा तुम्हें छोड़कर? फिर बिछोह? फिर तुम्हारे-मेरे मन-व्याकुल की पीड़ा? नोतुन बोउठान, आज संध्या समय जब हम दोनों लोग दक्षिणी छत के निर्जन किनारे खड़े हुए, धूसर दिन की ओर देखकर ऐसा लगा जैसे सागर किनारे तुम्हारे ही पास खड़ा होऊँ। दूर-बहुत दूर सागर के उस पार, मेघाच्छादित अन्धकार का एक देश, जहाँ तुम्हें छोड़कर जाना होगा। मेरा मन अचानक कविता में कह उठा—दिन जब शेष होगा, उस देश जाना होगा। इस पार छोड़ जाऊँगा, मेरा तपन-शशि! नोतुन बोउठान, तुम ही मेरी तपन-शशि हो, तुम ही मेरे जीवन की ध्रुवतारा हो, तुमको छोड़कर मैं कहीं भी कभी भी नहीं जाऊँगा। जा ही नहीं पाऊँगा।"

ठाकुरपो, यह सब बातें जब लिख रहे थे, तब क्या तुम भी जानते थे कि अक्षर-अक्षर में कितने बड़े झूठे ने डेरा डाल रखा है!

मेरे प्राणप्रिय रवि, कितनी ही बातें मन में उदित हो रही हैं और खो जा रही हैं, तिरोहित हो जा रही हैं तिमिर में सदा-सर्वदा के लिए। कभी भी वे लौटकर अब न आएँगी। याद आ रहा है, उस दिन 5 जुलाई थी। मेरा जन्मदिन। और विवाह का दिन भी यही था। तुम्हारे ज्योति दादा से कहा था कि थोड़ा जल्दी घर आ जाएँ। वे उस दिन घर ही नहीं लौटे। मुझे नहीं पता कि वे सारी रात कहाँ थे। मझली बहू ठकुरानी के पास अथवा थियेटर की महफिल में। काफी रात हो गई थी। हृदय में कैसी तो अग्नि धधक रही थी—उसी रात मैं चिता में दहक रही थी ठाकुरपो। मेरी मृत्यु तो उसी रात हो गई थी। ऐसे समय में तुम कमरे में आए। मैंने कहा, इतनी रात गए, कहाँ से? तुमने कहा, आज तुम्हारा जन्मदिन है। सभी भूल गए हैं। मैं नहीं भूला नोतुन बोउठान। तब मेरा सर्वांग जल रहा था। मन-शरीर सब झुलस रहा था। ठाकुरपो, तुम निकट आकर खड़े हुए। मेरे हृदय का अंचल दहक रहा था, मेरी आँखें जल रही थीं, भस्म हो रही थीं, वही आँखें जिन्हें तुम इतना प्यार करते हो, मैं कुछ भी देख नहीं पा रही थी। तिमिराच्छादित कक्ष में जल रही थी और जलकर खाक हो रही थी—तुमने मेरे दहकते शरीर को कसकर जकड़ लिया।

ठाकुरपो, मुझे नहीं पता था कि मेरे शरीर में अभी भी इतनी आग थी। तुम भी क्या सोच पाए थे? तुम शायद अनजाने ही अपने हृदय से लगा बैठे थे उस आग को। मेरी आग तुम्हारे पूरे शरीर में व्याप गई। तुम भी उसी में झुलस गए। उस दिन शुष्क

क्रन्दन ही मेरा प्यार था। और मेरा शरीर चिता की लपटें। तुमने कसकर उस तिमिर-दहन को जकड़ रखा था।

ठाकुरपो, वैसा प्यार इस जीवन में फिर कभी नहीं मिला। तुम मुझे प्यार कर रहे थे और मेरी सुलगती इच्छाएँ बाह्य-आवरणों की यंत्रणा से क्रमश: मुक्त होने को बेताब हो रही थीं। लगा जैसे कानों की लौ को अचानक आग की लपट ने डस लिया हो, एक ही शब्द मुँह से निकला—ठाकुरपो!

न जाने कितनी देर तक मेरी दहकती देह को तुम जकड़े रहे—कितनी देर मेरे साथ उस रात तुम भी भस्म होते रहे—मुझे कुछ भी नहीं पता। तुम्हारे हृदय के आगोश में मैं सो गई थी। नींद टूटी जब पूरब का आकाश अरुणाभ हो रहा था। देखा, अकेली ही सोई हूँ। मेरे वक्षस्थल पर तुम दो पंक्तियों की एक चिट्ठी छोड़ गए हो—

मेघ के दु:स्वप्न में मग्न दिन की तरह
रो-रो कर बिता दोगे क्या सारा ही यौवन।

कुछ दिनों के अन्तराल में ही मैंने आत्महत्या की चेष्टा की थी। वह मेरी पहली कोशिश थी। किन्तु मृत्यु नहीं मिली। तुमने लिखा था :

ज्योतिर्मय कूल किनारों से, तम के सागर में
कूद पड़ा इक तारा
अजब दीवानेपन का मारा!

मेरे ठाकुरपो, धीरे-धीरे दिन चढ़ रहा है। आज भूख-प्यास सब भूल गई हूँ। जीवन का पथ खत्म होता दिखाई दे रहा है। इतनी सारी यंत्रणाओं का अवसान अब बहुत दूर नहीं है। फिर भी अभी लग रहा है कि यदि तुम मेरे ही रहते ठाकुरपो, जैसे तुम थे, तब शायद अब भी मैं इस धरती पर, अपनी समस्त वेदनाओं और अपमान के साथ जी सकती थी। तुम्हारे रहते जीवन इतना निस्स्व नहीं हो जाता।

यह देखो! वह चिट्ठी मिल गई। यह चिट्ठी काफी लम्बी है। चिट्ठी को जब पहली बार पढ़ा तो सच कहती हूँ मुझे अच्छा नहीं लगा था। स्वयं को बड़ा अपराधी महसूस कर रही थी। और जैसे मन ने तुम्हें ही दूर कर दिया था! किन्तु तुम्हारी यह चिट्ठी मैं कभी भी पढ़कर समाप्त नहीं कर पाई। बारम्बार मेरे निस्संग क्षणों में यह चिट्ठी फिर-फिर लौटकर आती रही है मेरे जीवन में। जितनी ही बार इस चिट्ठी को पढ़ा है, उतनी ही बार नए अर्थ खोज पाई हूँ—प्रत्येक शब्द ने नए तरह से मुझसे प्यार किया है।

मेरा जो यह एक शरीर है ठाकुरपो—कभी-कभी सचमुच भूल जाती हूँ—यही शरीर अब भस्म होगा, शरीर के सभी चिह्न, सारी इच्छाएँ अग्नि में खाक हो जाएँगी। आज इस देह को छोड़

जाने के पूर्व फिर एक बार उसी चिट्ठी को पढ़ने की इच्छा हो रही है। इस चिट्ठी के शब्द-शब्द में मेरी देह तुम्हारे-दृष्टि-स्पर्श से उत्सव में रूपान्तरित हो गई है—पूरी चिट्ठी में जैसे मेरे रूप-लावण्य में तुमने जिस आर्द्रता का अनुभव किया था उसी का उद्यापन हो। तुम्हारे-मेरे बनाए नन्दनकानन की भाँति आज मेरा शरीर भी जीर्ण-शीर्ण और शुष्क है। नन्दनकानन में अभी केवल सूखे पत्तों की भीड़ है, एक भी फूल नहीं है। मेरी देह का भी कभी कोई फूल खिला था। उसका चिह्न मात्र भी नहीं है। तथापि तुमने ही मुझे एक दिन 'सरोवरमयी' कहकर पुकारा था। कहा था, 'मैं श्री राधा की भाँति आर्द्र हूँ।' मेरी देह तुम्हारी दृष्टि में 'बारिश से भीगे उपवन' की तरह है। यह देखो, तुमने लिखा है :

"मेरी बहुत-बहुत प्यारी नोतुन बोउठान, आज बहुत गर्मी है। आकाश में मेघ नहीं हैं। भुवन में वृष्टि नहीं है। तृष्णा से हृदय व्याकुल है। अचानक तुम्हें देखा, शाम के समय सद्य:स्नात तुम! अपने कमरे से निकलकर नन्दनकानन में जाकर झूले पर बैठी हो। तुम्हारी ग्रीवा अभी भी भीगी है। तुम्हारी ग्रीवा से चिपके भीगे बाल चिक-चिक कर मुझे लुभा रहे हैं। तुम्हारे सद्य:स्नात शरीर का भीगा भाव तुम्हारी साड़ी पर भी व्याप्त है। मेरे मन में चंडीदास के काव्य का शब्द 'गलितवसन' उभर आया। और तभी ध्यान आया, नोतुन बोउठान, तुम ही जैसे श्री राधा हो। अपने आँचल के प्रति उदासीन। एक आर्द्र आलस्य में जैसे तुम डूबी हुई हो। श्री राधा के भीगे वस्त्रों को चंडीदास ने एक शब्द से

व्याख्यायित किया है—'रसनाहीन'। अर्थात 'मेखलाबन्धन मुक्त।' तुम्हारा आँचल भी वैसे ही मानो 'रसनाहीन'। दक्षिणी बरामदे के एक कोने से मैं तुम्हें निहार रहा था। चंडीदास ने जैसे राधा को देखा है, ठीक वैसे ही मैंने भी तुम्हें देखा :

लावण्य जल तोर सिहाल कुन्तल
वदन कमल सोभे आजक भषल।

"तुम्हारी ओर देखकर ही मुझे लगा यद्यपि आकाश मेघहीन है, भुवन जलहीन शुष्क, तथापि तुम्हारा शरीर जैसे 'सरोवर', तुम्हारा चेहरा उसी शरीर सरोवर में पद्म पुष्प की भाँति विराजमान है। तुम्हारे चेहरे पर उड़ती लटें क्रीड़ा कर रही हैं, मानो भ्रमर हैं। नोतुन बोउठान, तुम्हारी हँसी और तुम्हारी आँखें, मैं कभी भी भुला नहीं पाऊँगा। तुमको कुछ क्षण पहले ही तो नन्दनकानन में झूले पर देखा, आकाश की ओर टकटकी लगाए। चंडीदास की तरह मुझे भी आभास हुआ सरोवर—बोउठान की दो आँखों में दो नीलकमल प्रस्फुटित हुए हैं। और संध्याकालीन प्रकाश में तुम्हारे सद्य धुले दो गाल मुझे कैसे प्रतीत हुए जानती हो? चंडीदास के माध्यम से ही अपने मन की बात कहता हूँ—नोतुन बोउठान, तुम्हारे दो गाल उन्मत्त कर देनेवाले भीगे-भीगे महुआ के फूल!

"सुन्दरी नोतुन बोउठान, तुम सरोवरमयी हो!

"अब सुनो, खूब ध्यान से सुनना, तुम्हें क्यों 'सरोवरमयी' कह रहा हूँ—वैष्णवकाव्य में राधा के दोनों अधरों को कमल की भीगी पंखुड़ियाँ कहा गया है। मैं भी यद्यपि तुम्हारे दोनों अधरों

को वही कहता हूँ—नोतुन बोउठान, मुझ पर क्रोध करोगी? अगर मैं कहूँ, तुम्हारी हँसी मानो गीले कमल। मैं तुम्हें बताता हूँ कि वैष्णव पदावली की राधा कितनी आर्द्र किशोरी है—राधा के अधर मानो सद्यःप्रस्फुटित बान्धुलि फूल—'फूटिल वन्दुली फूल बेकत अधर।' राधा की बाँहें मानो सिक्त मृणाल। राधा के करतल—जैसे आर्द्र रक्त पद्म। तुम्हारा करतल मेरे करतल में जब भी आया है, मुझे भी ऐसा ही लगा है। राधा के अपरूप दो स्तन मानो शरीर सरोवर में तैरते दो हंस। राधा के कटि क्षेत्र के तीन मोड़, त्रिवलि, जैसे सरोवर-तट के तीन सिक्त सोपान। राधा के सुडौल नितम्ब जैसे सरोवर घाट की फिसलन भरी शिला। नोतुन बोउठान, इसी भीगी राधा के लिए ही तो श्रीकृष्ण विरह में जर्जर हैं। युगों-युगों से पुरुष ने ऐसी ही नारी की कामना की है, और उसे न पाकर कष्ट भी बहुत पाए हैं। वैष्णवकाव्य में राधा नाम की नारी सर्वदा 'तरल' है। नोतुन बोउठान, संस्कृत भाषा में 'तरल' शब्द 'चपल' के अर्थ में भी व्यवहृत हुआ है। राधा का शरीर क्या केवल 'तरल' ही है। वह तरलता राधा के शरीर और स्वभाव के चापल्य को भी प्रकट करता है।

"राधा की गहरी नाभि में टँका हुआ है नागकेशर का फूल। उस अनन्या की जंघाओं में स्वर्ण केतकी खिली हुई है। उसके तैलीय भीजे वस्त्र मानो अलसी से निर्मित हों। कितनी अद्‌भुत तुलना है—जिसकी गहन व्याप्त व्यंजना इस अर्थ को सम्प्रेषित करती है कि जल और तेल जैसे एक नहीं हो सकते, वैसे ही राधा का शरीर और वसन एक साथ कैसे रह सकते हैं! राधा

के 'तरल' अर्थात चपल और आर्द्र शरीर पर से क्रमश: आवरण खिसकता जा रहा है।

"नोतुन बोउठान, मैं जानता हूँ तुम कहोगी, वैष्णव कवियों ने झंझावात से भरी गहन रात्रि में राधा की व्याकुल अभिसार सम्बन्धी अनेक सुन्दर, मधुर कविताएँ लिखी हैं, किन्तु एक बात तो उन्होंने सोची ही नहीं, इस प्रकार के अंधड़ में वे कृष्ण के समक्ष कैसी मूरत लेकर उपस्थित होतीं। उनके अलकों की अवस्था कैसी रहती! केश-सज्जा का क्या हाल होता? धूल-धूसरित हो, उस पर वृष्टि जल के कारण कीचड़ से लथपथ, कुंजवन में कैसा अपरूप वेश लेकर प्रस्तुत होतीं!

"प्यारी बोउठान, तुम्हारे तर्कों और वक्तव्य की सारयुक्तता के प्रति मैं जरा-सा भी सन्देह व्यक्त नहीं कर रहा हूँ। किन्तु वैष्णव पदावली की राधा तो प्रेम की नारी-सरूपा हैं। वह चिरन्तन रमणी सावन की अँधेरी रातों में, कदम्ब वन की छाया पकड़े, घनघोर वृष्टि के बीच, यमुना के किनारे-किनारे प्रेम के आकर्षण में स्वप्नगता की तरह आत्मविह्वल हुई चली जा रही है। कोई सुन न ले इसलिए पैरों की पायल खोलकर रख देती है, कोई देख न ले इसलिए रात के घने अँधेरे में नीलाम्बरी चूनर पहनकर जाती है, किन्तु भीग न जाएँ इसलिए छतरी नहीं लेती। गिर न पड़ें इसलिए दीप का ले आना आवश्यक नहीं समझती। नोतुन बोउठान, प्रेम तो ऐसा ही होता है!

"प्यारी बोउठान, यह बात तुमसे न जाने कितनी बार कही है, फिर कह रहा हूँ—वैष्णव पदावली की अभिसार भावना में

वृष्टि, जल, रतिसुख, श्रृंगार सब परस्पर गुँथे हुए हैं। उन्हें पृथक् नहीं किया जा सकता। कम से कम मैं तो नहीं कर सकता। तुम्हारे हृदय पर जो हार झूल रहा है वह भी राधा के हार की तरह है—'तरलित'! वहाँ से भी राधा की बूँद-बूँद झरती हैं। जयदेव लिखते हैं, राधा के हार से उसके रतिश्रम का सीकर झर रहा है :

श्रमजल-कण-भर-सुभग-शरीरा।
परिपतितोरसि रति रण-धीरा॥

"नोतुन बोउठान, एक दिन दोपहर में तुमने अपना भीगा हार मेरे गले में पहना दिया था। आज तुमसे कह रहा हूँ—तुममें मैंने वैष्णव काव्य की राधा को ही पाया है। वही तारल्य! वही चापल्य! वही हँसी! वही नेत्र!

"एक दिन चंडीदास की राधा ने वृष्टि में कृष्ण से कहा—कन्हाई, अपनी इस नौका को यमुना के जल में डुबो दो। और जब मैं यमुना के जल में पूरी तरह भीग जाऊँ, तुम मुझे गोदी में उठाकर यमुना पार करना।

"नोतुन बोउठान, राधा नाम से मैं जो कुछ भी सोच पाता हूँ, तुम वह सब कुछ हो। नौका डुबोकर मैं कब का पागलों की तरह यमुना के जल में कूद पड़ा हूँ—तुम्हारे ही लिए नोतुन बोउठान!"

ठाकुरपो, तुमने ही एक दिन यह पत्र मुझे लिखा था! और आज तुम्हारी कविताओं में मेरे प्यार का, मेरे शरीर का, तुम्हारे-मेरे एकान्तिक स्मृतियों का लेशमात्र भी आभास नहीं है। आज मैं पुरातन हो चुकी हूँ। आज मुझे जगह छोड़नी होगी, तुम्हारे जीवन में नूतन क्रीड़ाओं के लिए। अब मेरे समक्ष केवल अँधेरा है। ऐसा ही हो ठाकुरपो, मेरा शरीर जले—भस्म हो। उसी के साथ जल-बर कर खाक हो जाए तुम्हारी यह चिट्ठी भी।

प्रिय ठाकुरपो, पुन: जीवन के अन्तिम प्रहर में आश्रयहीन मन विचलित हो विषादग्रस्त हो उठा है। तब तुम अलग ही व्यक्ति थे। मेरे प्राणप्रिय व्यक्ति! तुम, तुम सिर्फ मेरे ही थे। तुम्हारे दूसरी बार विलायत जाने की बात उठते ही, अकेलेपन की यंत्रणा के भय से मैंने आत्महत्या की कोशिश की थी। मरी नहीं। किन्तु मेरी नई बदनामी शुरू हुई। अभिनव लज्जा। मेरे लिए ठाकुरबाड़ी का परिवेश असहनीय हो उठा। मैं तुम्हारे नोतुन दादा को लेकर चन्दननगर चली आई। वहाँ नील व्यवसायी मोरान साहब की विराट कोठी को भाड़े पर लिया गया। वहीं हम दोनों जन रहने लगे। मैंने महसूस किया दो लोगों में भी अकेलापन होता है। तुम्हारे नोतुन दादा अपनी ही दुनिया में रमे रहते। और मैं तुम्हारे लिए दु:सह मनोवेदना में अपनी स्वपीड़ा और अपमानबोध लेकर निर्वासिता सा जीवन जीती रही। तुम्हारा जहाज तुम्हें लेकर मद्रास की ओर बढ़ा। वहीं से तुम्हारी द्वितीय बार की विलायत यात्रा शुरू होगी। लेकिन तुम विलायत नहीं गए!

मद्रास में जहाज से उतरकर तुम मेरे पास चले आए।

ठाकुरपो, तुम आए, मेरे देह-मन में जीवन-ज्वार आ गया। लगा, धरती कितनी सुन्दर है! मेरा हृदय निर्वासन से गृह लौटा।

लेकिन, तुम विलायत क्यों नहीं गए ठाकुरपो? यही सोचकर न, कि ठाकुरबाड़ी के महिला-महल के विषाक्त परिवेश में एकाकीपन की यंत्रणा को सहन न कर पाने की स्थिति में मैं यदि दुबारा आत्महत्या की चेष्टा करूँ—यही ना? तुम मेरा आश्रय बनकर वापस आए थे। किन्तु क्या तुम मुझे बचा पाए? मेरा प्रेम ही मेरी नियति है—तुम बचाओगे भी कैसे!

ठाकुरपो, यदि कहूँ कि विलायत यात्रा के बीच से तुम्हारे इस लौट आने में ही मेरी मृत्यु का बीज निहित था—सहन कर पाओगे? नहीं-नहीं, मेरे चले जाने के बाद किसी प्रकार के अपराधबोध से ग्रस्त हो पीड़ा मत पाना तुम। अपनी जरा सी नई दुलहन को भी कष्ट मत देना। यह मेरी नियति है—तुम्हारे करने को कुछ नहीं है। तुम्हारा प्रेम ही तो तुम्हें मेरे पास खींच लाया था। शेष तो तुम्हारे-मेरे नियंत्रण में नहीं था।

ठाकुरपो, तुमसे बहुत पहले मुझसे प्रेम करने लगे थे कवि बिहारीलाल चक्रवर्ती। वे तुम्हारे नोतुन दादा के मित्र थे। उन्हीं के सूत्र से वे इस घर में आए थे। मेरे साथ भी मित्रता हुई। मैं उनकी गुणमुग्ध पाठिका थी। श्रोता! वे केवल अपनी नई रचनाएँ

ही मुझे सुनाना पसन्द नहीं करते थे अपितु मेरे हाथों के व्यंजन भी उन्हें बेहद प्रिय थे।

एक दिन मुझसे कहने लगे—'तुम्हारे हाथों का स्पर्श है इसलिए तुम्हारे हाथों का भोजन इतना सुस्वादु होता है।' इन बातों ने मुझमें एक नई उमंग पैदा कर दी, ठाकुरपो। ऐसी बातें इस बाड़ी में किसी के मुँह से पहले कभी सुनी नहीं थी। तुम्हारे नोतुन दादा के लिए तो मैं कितने नए-नए व्यंजन बनाती हूँ। वे उस भोजन को खाकर कभी भी मुझसे मेरी उँगलियों के स्पर्श की बात नहीं करते। यह देखो, बिहारीलाल की बात करते-करते मैं कुछ ज्यादा ही कह गई—तुम्हारी बात तो भूल ही गई। ठाकुरपो, तुमने तो न जाने कितनी बार मुझसे कहा है, मैं जिस दिन थोड़ी सी हरी मिर्च के साथ पानता-भात माख कर (मिलाकर) तुम्हें देती हूँ उस दिन और पूछो मत! वह मेरी उँगलियों का स्पर्श-गौरव ही तो है ठाकुरपो, है ना?

एक दिन शाम के समय बिहारीलाल घर आए जैसे मुझसे ही बातें करने आए हों। तब तुम्हारे नोतुन दादा निचले तल के 'कचहरी कक्ष' में ही थे। मैं अकेली थी।

बिहारीलाल ने कहा, 'तुम ही मेरे सारदामंगल काव्य की सरस्वती हो। मेरे सारदामंगल के तीन प्रेरणास्रोत हैं। तीनों स्रोत ही विरह के स्रोत हैं—मैत्री-विरह, प्रीति-विरह, सरस्वती-विरह। तुम ही इन तीनों विरह-स्रोतों के केन्द्र में हो। ठाकुरपो, बिहारीलाल

की ये सारी बातें मैं बहुत अच्छी तरह समझ पाई, ऐसा नहीं है। किन्तु हृदय में एक अजीब सी हलचल होने लगी। देखती हूँ कि बिहारीलाल की आँखें भावावेश में छलछला रही थीं। मैंने महसूस किया कि मुझे प्रेम करके उन्हें पीड़ा मिल रही है। उनके लिए मुझे तकलीफ हुई। वहीं अच्छा भी लगा, ठाकुरपो। मुझे प्रेम करके, मेरे विरह में कोई कष्ट भी पा सकता है! बिहारीलाल की बातों से अनायास अभिभूत होने लगी।

उस समय मैं एक आसन बुन रही थी। कार्पेट का आसन। जब भी अकेलापन लगता, कोई काम नहीं होता, समय काटने का उपाय उसी आसन को बुनना था। मन ही मन चाहती थी कि आसन बुनने का यह कार्य कभी खत्म ही न हो। तुम्हारे नोतुन दादा कमरे में आते-जाते थे, देखते कि पलंग के एक कोने में बैठी मैं आसन बुन रही हूँ, कभी भी पूछा तक नहीं कि यह आसन किसके लिए है। आसन बुनने जैसे काम में भी मन का जुड़ाव हो सकता है, प्रेम की अनुभूतियाँ जुड़ सकती हैं—ये बातें उनके मन में शायद कभी उदि ही नहीं हुईं।

उस दिन बिहारीलाल की बातें सुनने के बाद ही मन में एक अद्‌भुत कांड घटित हुआ! जिस मनुष्य के मन में मेरे कर-स्पर्श के प्रति इतनी आकुल आकांक्षा है, उसे ऐसा कुछ उपहार देने के लिए मन आतुर हो गया, जिसमें चिरकाल के लिए रह जाए मेरा मन, मेरा प्रेम, मेरे हाथों का स्पर्श! भागकर कमरे में आई

और आसन के एक कोने में बिहारीलाल का नाम बुनने लगी। कुछ दिनों के उपरान्त ही मैंने आसन अपने प्रिय कवि के हाथों में सौंप दिया—उसी दिन मैं पहली बार 'कुलटा' हो गई थी ठाकुरपो, क्योंकि वही आसन ही था बिहारीलाल के प्रति मेरा प्रेमपत्र!

आसन को अपने हाथों से पकड़ हृदय से लगाए वे काफी देर तक मेरी ओर ताकते रहे थे। मैं लज्जावश उनकी आँखों की ओर देख ही नहीं पा रही थी। मेरे मन में भी एकदम से ही कोई अन्यायबोध नहीं था, ऐसा नहीं है ठाकुरपो। किन्तु उस पापबोध, अन्यायबोध को इतने वर्षों से दबाकर रखे गए मेरे अभिमान ने, मेरे प्रेम ने ढक लिया था। उस दिन से मेरे प्रति बिहारीलाल का व्यवहार भी बदल गया। वे आँखें उठाकर मेरी ओर देख ही नहीं पाते थे। धीरे-धीरे हमारे घर आना भी कम कर दिया। फिर भी, जब भी कोई नई कविता लिखते हमारी 'साहित्य-सभा' में चले आते। उस महफिल में कई लोग रहते। अवश्य ही तुम्हारे नोतुन दादा भी रहते और रहतीं मझली बहू ठकुरानी। किन्तु मुझे लगता, शायद और भी कइयों को यही लगता कि बिहारीलाल केवल मेरे लिए ही अपनी प्रेम कविताएँ लिखते हैं। सिर्फ मुझे ही सुनाते हैं। सभा में उपस्थित बाकी लोगों का उन्हें शायद ध्यान ही नहीं रहता।

तब तुम विलायत में थे। धीरे-धीरे मुझमें एक गहरा अभावबोध उत्पन्न हुआ—अभाव किस बात का, सब कुछ ही तो है, तथापि

अभावबोध, विपन्नता, खिन्नता। ठाकुरपो, तुम्हारे लिए मन उदास रहता। विलायत से तुम्हारी चिट्ठियाँ आतीं। कविताएँ आतीं। मेरा मन, मैं समझ पा रही थी, आहिस्ता-आहिस्ता बिहारीलाल की दुनिया से तुम्हारे जगत की ओर बढ़ रहा था। ऐसा क्यों हो रहा था, यह भी मैं समझ पा रही थी। एक समय मैं तुमसे कहती थी कि ठाकुरपो, तुम कभी भी बिहारीलाल की तरह नहीं लिख पाओगे। सुनकर तुम्हें जितनी तकलीफ होती, उससे कहीं ज्यादा तुममें और अच्छा लिखने की धुन सवार होती—बिहारीलाल की भाँति लिखने के लिए नहीं। उस प्रभाव से मुक्त बिलकुल भिन्न और सुन्दर लिखने की। मैं तभी समझ गई थी कि तुम्हारी प्रतिभा जाति-गोत्र में बिलकुल अलग है। किन्तु तुम पर कभी प्रकट नहीं किया कि पीछे कहीं तुम्हारा दिमाग न खराब कर बैठूँ।

तुम्हारी विलायत से आनेवाली चिट्ठियों ने ही सबसे पहले मुझे बता दिया था कि बिहारीलाल की दुनिया से बड़ी दूर, बहुत व्यापक फलक में प्रवेश किया है तुमने—समझ गई थी ठाकुरपो, कि तुम बड़ी दूर के यात्री हो, तुम्हारी यह यात्रा थमने वाली नहीं है, तुम जितना ही आगे बढ़ोगे, उतनी ही पिछड़ती जाएगी तुम्हारे सामने की दिगन्त रेखा। समझ गई थी कि तुम अनन्त के पथिक हो। ठाकुरपो, जोड़ासाँको की बाड़ी की चारदीवारी की मैं एक विपन्न बन्दिनी हूँ। तब भी तुम्हारा साथ देना चाहती थी। तुम्हारी सहयात्रिणी बनना चाहती थी। विदेश से कब तुम्हारी चिट्ठी आएगी! सैकड़ों बाधाओं को पार कर अन्ततः मेरे हाथ में पहुँचेगी—तुम्हारे प्रवासी पत्रों के लिए हमेशा मन प्रतीक्षारत रहता।

तुम्हारा कोई-कोई पत्र मुझे जितना अच्छा लगता, उतना ही—नहीं, उससे भी ज्यादा—मुझे तकलीफ भी देता। आज ऐसा लग रहा है कि तुम मुझे दुख देने के लिए भी लिखते थे। बिहारीलाल कभी भी मुझे इस तरह पीड़ा नहीं पहुँचा पाते थे। उन्होंने मुझे छोड़कर किसी और स्त्री के बारे में कभी सोचा भी है, इसमें भी मुझे सन्देह है। प्रेम के मामले में वे नितान्त पुराने जमाने के हैं। और तुम ठाकुरपो, उतने ही आधुनिक। तुम जिस लड़की से प्रेम करते हो उससे अपने जीवन के अन्य नारी-संगों की चर्चा करके उसके मन में ईर्ष्या उत्पन्न कर तुम आधुनिकता का आनन्द पाते हो—यह स्वभाव तुम्हारा है, एकनिष्ठ बिहारीलाल का नहीं। तुम्हारा यह स्वभाव मुझे दुख देता है, फिर यही स्वभाव मुझे तुम्हारी ओर अमोघ आकर्षण शक्ति से खींचता भी है—जितना ही तुम अन्य स्त्रियों की बातें मुझे बताते हो संकेतों से, इशारों से, उतना ही मन होता है कि तुम्हें चारों ओर से नागपाश की भाँति जकड़कर सम्पूर्ण ग्रास बना लूँ। आज उसी नागपाश से तुम्हें चिरमुक्त कर जाऊँगी। तुम मुझे भूल जाओ ठाकुरपो।

ठाकुरपो, इंग्लैंड से मुझे लिखी तुम्हारी एक चिट्ठी मेरी आँखों के सामने है। एक के बाद एक ऐसी चिट्ठियाँ मेरी यंत्रणा हैं। एक तरफ तो मेरा एकाकीपन बढ़ा देने वाली हैं तो दूसरी ओर मेरे हृदय में और किसी के लिए इतनी सी भी जगह नहीं छोड़तीं। सम्पूर्ण जीत लिया तुम्हारी चिट्ठियों ने—तुम ही मेरे जीवन के

एकमात्र अधीश्वर बन बैठे। कवि बिहारीलाल अब मुझे अति प्राचीन जमाने की बात लगने लगे, मैंने महसूस किया कि तुम्हारे साथ उनकी तुलना का कोई तुक ही नहीं है। वे धीरे-धीरे निःशब्द मेरे जीवन से झर गए।

फिर देखो, सन्दर्भच्युत होकर आँखों के समक्ष प्रवास से लिखी तुम्हारी चिट्ठी से कितनी दूर भटक गई हूँ—उस चिट्ठी में तुम लिखते हो :

"प्राणों से प्रिय नोतुन बोउठान,

"उस दिन मैं फैंसी-वॉल-डांस अर्थात छद्मवेशी नृत्य कार्यक्रम में गया था। कितने ही स्त्री-पुरुष नाना ढंग से सज-सँवरकर वहाँ नाचने गए थे। बहुत बड़ा कमरा, गैस की रोशनी से आलोकाकीर्ण चारों ओर बाजे बज रहे थे, छह-सात सौ सुन्दरियाँ, सुन्दर पुरुष। कमरे में तिल रखने की जगह नहीं। चाँद का मेला उसे ही तो कहते हैं। एक-एक कमरे में समूह के समूह स्त्री-पुरुष हाथ पकड़कर वर्तुलाकार नृत्य आरम्भ करते हैं, मानो जोड़ा-जोड़ा उन्मत्त हो। घसाघसी इतनी कि कौन किसके कन्धे पर गिरे कोई ठिकाना नहीं। एक कमरा शैम्पेन का कुरुक्षेत्र बना हुआ है। मांस-मदिरा का बेहिसाब दौर, वहाँ लोकारण्य! किसी-किसी लड़के के नृत्य में कोई विराम नहीं। दो-तीन घंटे से लगातार उनके पैर चल रहे हैं। मन-हरण करने हेतु जितने भी

गोला-बारूद हैं बीवियाँ (मेमें) उन सबका आनन्दपूर्वक उन्मुक्त भाव से निर्दयतापूर्वक वर्षण कर रही हैं। किन्तु नोतुन बोउठान, तुम डरना मत। मेरे जैसे पाषाण हृदय में उनकी आँच तक नहीं पहुँच पाई है। एक जन 'देशी-बाला' सजकर आई थी—उसको भीड़ में भी अलग-थलग देख सका। एक साड़ी, एक ब्लाउज उसकी प्रधान सज्जा थी, उसके ऊपर उसने एक चादर ओढ़ रखी थी; उसमें अंग्रेजी वस्त्रों की अपेक्षा वह ज्यादा सुन्दर लग रही थी। इस छद्‌मवेशी नृत्य की पार्टी में मैं बंगाल का जमींदार सजा था। जरीवाले मखमली कपड़े, जरीवाली मखमली पगड़ी इत्यादि। यहाँ तक तो सब ठीक था किन्तु कुछ लोगों ने जबरदस्ती मुझे दाढ़ी और मूँछें भी लगा दीं। और दो-एक महिलाओं ने मुझसे कहा कि दाढ़ी-मूँछ मुझ पर खूब फब रही है, मैं खूब सुदर्शन लग रहा हूँ। लेकिन नोतुन बोउठान, यहाँ जिन सभी सुन्दरियों से मेरा वार्तालाप हुआ उनमें से किसी ने भी मुझको दाढ़ी-मूँछ में नहीं पहचाना इसलिए मेरे निकट जाते ही वे खिसकने लगतीं। अन्ततः दाढ़ी-मूँछों को उखाड़कर निजरूप में मुझे आना ही पड़ा नोतुन बोउठान।"

ठाकुरपो, तुम्हारी इस चिट्‌ठी को पाकर मुझे मजा आया था। किन्तु हृदय भी धू-धू कर चटक उठा था। मैं स्पष्टतः जो देख पा रही थी कि उस साड़ी और ब्लाउज वाली विदेशिनी सुन्दरी के साथ तुम नाच रहे हो—तुम्हारे साथ नाचते-नाचते उसके वस्त्रों

का आवरण-सदृश चादर खुल गया है—तुम और वह पागलों की तरह केवल नाच रहे हो, तुम लोग इतने सटे हुए हो कि दोनों को किसी भी तरह मैं अलग नहीं कर पा रही हूँ। निर्जन कमरे में इस चिट्ठी को हृदय से लगाकर कितना रोई हूँ ठाकुरपो! इच्छा हुई है कि दौड़कर तुम्हारे पास चली जाऊँ—चिल्लाकर कहूँ कि लौट आओ ठाकुरपो!

विलायत से तुमने जो सारी चिट्ठियाँ मुझे लिखी हैं, उनमें से अधिकतर ही तुम्हारे मुक्त नारी-संग के आनन्द से सम्बन्धित हैं—जैसा स्त्री संग इस देश में तुम चाहकर भी नहीं प्राप्त कर सकते, वैसों की ही बातें तुमने लिखी हैं। इन विदेशिनी सुन्दरियों की भीड़ में मैं न जाने कहाँ गुम हो गई ठाकुरपो! इन सभी चिट्ठियों को पढ़कर केवल यही लगता—तुम्हारे जीवन से बिलकुल ही गायब हो गई हूँ मैं। सहा नहीं जाता। और तभी और ज्यादा से ज्यादा तुम्हारा साथ चाहती—क्रमशः समझने लगी थी कि मेरे जीवन में तुम्हारा कोई विकल्प नहीं है। मन ही मन सोचती, एक बार वापस आ जाओ, तुमको सब ओर से जकड़कर मैं अपना ग्रास बना लूँगी—तुम्हारी मुक्ति का कोई रास्ता न बचेगा।

क्यों ठाकुरपो, क्यों? क्यों तुमने ऐसी चिट्ठी लिखी थी? तुम्हारा आधुनिक मन मुझे दुख दे-देकर उन्मत्त कर अपने प्रेम में पतिंगे

की तरह फँसा लेना चाहता था? तुमने लन्दन से लिखा था :

"विगत मंगलवार को एक व्यक्ति के घर नृत्य-निमंत्रण में गया था। मैंने नृत्य पार्टी के मुताबिक ही पोशाक पहन रखी थी। मेरी कमीज एकदम निष्कलंक चक-चक सफेद थी। उसके ऊपर लगभग फ्रंटओपेन वेस्टर्न कोट। वेस्टर्न कोट के मध्य से सफेद कमीज का सामने का हिस्सा प्राय: बाहर की ओर था। गले में सफेद नेक टाई। हाथ में एक जोड़ा सफेद दस्ताना। नोतुन बोउठान, दस्ताना विलायत की सर्दी के लिए नहीं था। अपितु जिन महिलाओं के हाथों को हाथ में लेकर नाचूँगा, मेरे खाली हाथों के स्पर्श से उनका हाथ मैला न हो, इसलिए था दस्ताना। रात साढ़े नौ बजे जाकर पहुँचा था नृत्य पार्टी में—कमरे में रमणियों के रूपालोक ने गैस के आलोक को भी ध्वस्त कर दिया था!

"नोतुन बोउठान, उस नाचघर में प्रवेश कर ऐसा लगा मानो रूप का उत्सव आ गया हो। कमरे में प्रवेश करने मात्र में ही आँखें उलझ गईं। कमरे के एक तरफ पियानो, वायलिन, बाँसुरी बज रही है, कमरे के चारों किनारों पर दीवान, चौकी करीने से बिछी हुई हैं। दीवाल पर लगे शीशों में गैस का प्रकाश और 'रूपों' का प्रतिबिम्ब झकमक कर रहा है।

"नोतुन बोउठान, एक बात तुमसे बिना बताए नहीं रह पा रहा हूँ। यह मेरी स्वीकारोक्ति है। नाचघर की फर्श लकड़ी की थी। उस पर कार्पेट तक नहीं बिछाया गया था। वह लकड़ी का फर्श इस तरह पॉलिश किया हुआ था कि पैर फिसलता था। तथापि तुम्हारे इस देवर ने क्रमश: यह आविष्कार किया कि कमरा

जितना फिसलनवाला होगा, उतना ही नृत्य के उपयुक्त होगा। क्योंकि एकमात्र फिसलनवाले कमरे में ही मेरे जैसे अकुशल नर्तक की गति सहज होगी, पैरों में किसी प्रकार की बाधा नहीं, स्वयमेव फिसलकर जिसके पास जाना चाहता हूँ उसके पास ही चले जाते हैं।

"नोतुन बोउठान, साहब-मेमों की रोमांटिक कल्पनाओं की प्रशंसा किए बिना रहा नहीं जा रहा। कमरे के चारों ओर जो बरामदे हैं उन्हें पौधों-लताओं से सजाकर, दीवान-चौकी रखकर प्रणयी-जोड़ों के लिए मनोरम कुंज बना दिया गया है। इससे ज्यादा अब नहीं कह रहा हूँ, बाकी तुम स्वयं कल्पना कर सकती हो। नाचते-नाचते क्लान्त हो जाने पर वह मनोरम प्रेमकुंज ही विश्राम योग्य उपयुक्त स्थान है—विशेषकर जिनकी उम्र कम है उनके लिए ही इन प्रेमकुंजों की व्यवस्था की गई।

"इस प्रणयकुंज में ही अचानक उसको देखा! उसे देखकर मैं तो बिलकुल आश्चर्यचकित हो गया—इन सैकड़ों श्वेतांगिनियों के मध्य एक भारतीय श्यामांगिनी। देखते ही मेरा हृदय एकदम से नृत्य कर उठा। उसके साथ किसी भी तरह वार्तालाप करने के लिए बेचैन हो गया। कितने दिन हुए साँवली सूरत नहीं देखी! सच कह रहा हूँ बोउठान, तुम्हारा चेहरा, तुम्हारी दो आँखें तभी इन श्वेतांगिनियों के देश में बारम्बार याद आ रही हैं। जो भी हो इस श्यामांगिनी का चेहरा तुम्हारा जैसा नहीं है, इसके चेहरे पर हमारी बंगाली लड़कियों की भलमनसाहत, मृदुभाव से पुती हुई है। तुम्हारे चेहरे और नेत्रों में जो चतुर शरारती भाव है वह इस

श्यामांगिनी के चेहरे पर नहीं है। उस लड़की का केशविन्यास हमारे देश की तरह ही है। श्वेत चेहरे और उग्र असंकुचित सौन्दर्य देख देखकर मेरा मन अन्दर ही अन्दर विरक्त हो गया था—इतने दिनों में यही समझ पाया हूँ। नोतुन बोउठान, शाम के चार बजने वाले हैं, तब भी अँधेरा घिर आया है। आज सारे दिन मेघ, वृष्टि, बादल, अन्धकार और सरदी। 'हमारे देश में जब बारिश होती है तब मूसलाधार बारिश के शब्दों, मेघ, वज्र, विद्युत और अंधड़—उसमें कैसा तो एक अजब सा उल्लासमय भाव रहता है। यहाँ वैसा नहीं है, यहाँ टिप-टिप कर एकतार बारिश लगातार बिलकुल निःशब्द पैरों से चल रही है तो बस चल ही रही है। हमारे देश में परत-दर-परत बादल घिरते हैं। यहाँ आकाश समतल है, लगता ही नहीं कि बादल घिरे हैं, लगता है जैसे किसी कारणवश आकाश का रंग धूसर हो गया है; सब कुछ एकत्र होकर स्थावरजंगम का एक श्रीहीन मुखश्री सा होता है। इसी के बीच मुझे अचानक प्रणयकुंज में दिखे उस श्यामांगिनी का चेहरा याद हो आया!"

ठाकुरपो, इस चिट्ठी के अन्त में तुमने 'पुनश्च' लिखकर लिखा है :

"नोतुन बोउठान, इटली से तुम्हें चिट्ठी नहीं लिख सका। याद आया कि इटली की लड़कियाँ देखने में बहुत सुन्दर होती हैं। काफी कुछ हमारे देश की लड़कियों जैसा भाव है। सुन्दर

वर्ण, काले-काले बाल, काली भौंहें, सुन्दर आँखें, और चेहरे की गढ़न अद्भुत!"

मुझे अपने अन्य नारी-साहचर्य की बातें बताकर कष्ट देने में तुम्हें अच्छा लगता था ठाकुरपो—यही तुम्हारे अधुनातन की निष्ठुरता थी। मुझे इस तरह जितनी पीड़ा मिली है, शायद उतनी ही तीव्रता से तुम्हें और चाहने लगी हूँ। तुम तो बिहारीलाल नहीं हो, तुम्हारे प्रेम में चोट है, तुम तिर्यक आघात पहुँचा सकते हो—यह सब जितना ही जानती गई हूँ उतना ही मानो और जानने के लिए मेरा मन तृषार्त हो उठा है। बिहारीलाल को जब आसन उपहार में दिया था तब उन्होंने लिखा था : 'तुम्हारा यह आसन/प्रेमतन्तु से बुना/बड़े जतन से रखा है/और सदा रखूँगा।'

ठाकुरपो, तुमसे छोटे-छोटे आघात पा-पाकर, बिहारीलाल का गद्गद समर्पण मुझे क्रमशः अति प्राचीनकाल का लगने लगा था—यह बात मैं सीधे स्वीकार कर रही हूँ। किन्तु तुम जब सुदूर विलायत से विदेशिनियों के रूप-सौन्दर्य के बारे में लिखते, तब अपने हृदय में मैंने ईर्ष्या की यंत्रणा का भी अनुभव किया है। मुझे कितना डर लगता था—अब यदि तुम मेरे नहीं रहे तो! किसके सहारे मैं जीवित रहूँगी ठाकुरपो!

ठाकुरपो, अकेले रहते-रहते और नाना प्रकार के उलाहने सुनते-सुनते एक समय मैं यही मानने लगी थी कि लड़कियों का जीवन ऐसा ही होता है। तुम्हारे नोतुन दादा कभी-कभार मुझे

घोड़े पर बैठाकर बाहर मैदान में ले अवश्य जाते थे, तथापि वह उनकी महज 'बड़े लोगों की दिनचर्या' थी। मेरे मन का पता, मेरी किसी गहन आवश्यकता की खबर भी वे रखते थे, ऐसा मुझे नहीं लगता।

तुम जैसे ही विलायत से वापस आए ठाकुरपो, मेरे जीवन में पृथक रागिनी छिड़ गई। मेरे जीवन में ऐसे ज्वार की तरह तुम क्यों आए थे। तुम्हारा इस प्रकार महा समारोह की भाँति यदि मेरे जीवन में आना न होता तब शायद तुम्हारा चले जाना भी मुझे इतना अधिक निस्स्व नहीं कर देता।

एक दोपहर की बात मैं कभी भी नहीं भूलूँगी। उस दिन मुझे प्रचंड ज्वर था। तुम मेरे पास बैठे मुझे पंखे से हवा कर रहे थे। मैं बुखार से तप रही थी।

तुमने अचानक कहा, 'इतने दिन मेरे जीवन में नारी नामक जैसे कुछ भी नहीं था। नारी नामक कुछ होता भी है यही इतने दिन समझ नहीं सका। वह भी उतना बुरा नहीं था। नोतुन बोउठान, ज्यों ही तुम मेरे जीवन में आई हो, तुम्हारे माध्यम से ही जैसे मैंने नारी को पहचाना है।' तुम्हारी बातें सुनकर मेरी आँखों में पानी आ गया ठाकुरपो। मैं गरीब घर की लड़की! बड़े प्यार-दुलार से मेरा पालन-पोषण हुआ है ऐसा तो नहीं। प्यार के प्रति मन में

बड़ी तृष्णा थी। विवाह के बाद तुम्हारे घर की बहू बनकर आने के उपरान्त एकमात्र तुम्हारे पास से ही दुलार-जतन, प्यार प्राप्त हुआ। तुम्हें इसी कारण आरम्भ से ही मैंने अपने निकट खींच लिया था। उसमें जरा भी झूठ न था।

तुम्हारी बातों के उत्तर में उस दिन मैंने कहा था :

'मेरे माध्यम से तुमने जिस नारी का परिचय प्राप्त किया है वह नारी तो केवल मैं हूँ। मुझे पहचान कर समस्त नारी जाति को पहचानना हो गया, ऐसी हल्की बात तुम्हें शोभा नहीं देती ठाकुरपो। इसके अतिरिक्त मैं तो एक अति साधारण गृहवधू हूँ—इसमें नारी जाति का कितना कुछ उद्भासित हो सकता?'

तुमने उत्तर में कहा था, 'नोतुन बोउठान, तुम जानती हो, माँ का सान्निध्य मुझे ज्यादा मिला नहीं। तुम्हारी तरह मेरा बचपन भी लाड़-प्यार के अभाव में ही व्यतीत हुआ है। माँ का झुकाव भी ज्योति दादा और बड़े दादा की ओर ही था। मैं उनका कलूटा बेटा था। माँ ने जिस दिन हम लोगों के जीवन से सदा-सर्वदा के लिए विदा ले ली, तुम मेरे जीवन में सब कुछ होकर आई।'

तुम्हारी बातें सुनकर मैंने कहा था, 'ठाकुरपो, तुम्हें मैं चारों ओर से जकड़कर रखना चाहती थी—तुमने जिसे नागपाश का बन्धन कहा था। आहिस्ता-आहिस्ता मेरे शरीर-मन ने तुम्हें सुनना शुरू किया। किन्तु इसी पर यदि तुम कहो कि मेरे माध्यम से ही तुमने समस्त नारी जाति को जाना है, तो वह भार मैं वहन नहीं कर पाऊँगी ठाकुरपो। मैं अति साधारण लड़की हूँ।'

तुमने कहा, 'नोतुन बोउठान, मेरे जीवन में तुम्हारे आने से

पूर्व मैं नहीं जानता था कि स्त्रियाँ एक पुरुष के जीवन में कितना प्रेम, कितना दुलार उड़ेल सकती हैं। मैं इस घर का कलूटा बेटा हूँ। उसी कलूटे लड़के को तुमने इतना प्रेम कैसे किया?'

यह बात सुनकर मैं तुम्हारे हाथों को अपने हाथों में लेकर काफी देर तक अपनी छाती के बीचोबीच रखे रही। महसूस हुआ, वहाँ की ज्वाला थोड़ी-सी कम हुई है।

ठाकुरपो, 1878 से 1880—इन दो वर्षों में मैं एक बात भलीभाँति समझ गई थी, तुम्हें बिना पाए मेरे लिए जीवित रहना असम्भव है। ये दो वर्ष तुम विलायत में थे और मैं अहर्निश तुम्हारे विरह में थी। ज़ितने दिन बीते हैं उतनी ही अधिक पीड़ा पाई हूँ। इतनी पीड़ा हो सकता है नहीं पाती यदि मेरी कोई सन्तान होती। उसके सहारे ही शायद बाकी जीवन बिता लेती।

ठाकुरपो, सन्तान न होने का सारा दायित्व, सारी अक्षमता ही मेरे मत्थे मढ़ दी गई। कोई चिकित्सकीय परीक्षण नहीं हुआ, तथापि मुझे ही बाँझपन की बदनामी ढोनी पड़ी। तुमसे सारी बातें नहीं कह पाऊँगी। किन्तु इस बदनामी को सहन करने के निस्संग अपमान से किसी ने भी मेरी रक्षा नहीं की—तुम्हारे नोतुन दादा ने भी नहीं! मेरी सन्तान नहीं हुई इसके लिए जोड़ासाँको की ठाकुरबाड़ी के निर्मम परिवेश में चिरकाल के लिए मैं ही जिम्मेदार बनी रह गई!

ठाकुरपो, तुम जब विलायत में थे, तब कुछ दिनों के लिए अपनी गोदी को भरने, अपनी छाती जुड़ाने के लिए मैंने तुम्हारी छोटी दीदी स्वर्णकुमारी देवी की छोटी बेटी उर्मिला को पाया। वह सारे दिन मेरे ही पास रहती। जैसे मैं ही उसकी माँ होऊँ। मैं ही उसे खिलाती, पढ़ाती, सुलाती और उसके साथ खेलती भी। मैं उसकी मामी थी। बन गई थी माँ। मातृत्व का वह स्वाद—जो क्षण भर के लिए मेरे जीवन में आया था—उसे भुला पाना मेरे लिए कभी भी सम्भव नहीं होगा।

वह 31 दिसम्बर, 1879 का दिन था—मेरे जीवन का एक भयानक दिन। शाम की डाक से तुम्हारी चिट्ठी आई थी। यही वह चिट्टी है—एकदम मेरी आँखों के सामने—

"नोतुन बोउठान,

"इस देश में जो सुन्दर लड़कियाँ हैं, वे जानती हैं कि वे सुन्दरी हैं। विलायत में आत्म-सौन्दर्य से अनभिज्ञ युवती देखने की सुविधा नहीं है। यहाँ सौन्दर्य की पूजा होती है। हमारे देश में पुरुष इस प्रकार प्रकट नारी के तनुश्री की अभ्यर्थना करने में सहस्र कुंठाओं का शिकार होते हैं। तभी हमारे देश की सुन्दरियाँ सहज विश्वास करना सीखी ही नहीं हैं कि वे सुन्दरी हैं। अस्तु उनकी शारीरिक आकांक्षाएँ बहुत कुछ प्रस्फुटित होने से पहले ही मुरझा जाती हैं। विलायत में ठीक विपरीत है। यहाँ रूप किसी भी तरह गुप्त नहीं रखा जा सकता। रूपाभिमान सुप्त नहीं रह सकता। चारों ओर से प्रशंसा के कोलाहल उसे जाग्रत कर देते

हैं। रूप का आलोक दिखने मात्र से ही, भक्तों के पतंग-हृदय झुंड-झुंड में उसे चारों तरफ से घेर लेते हैं और वह रूपसी जिधर भी जाती है पतिंगों का दल उसके चतुर्दिक फुदकता रहता है। वॉल-रूम नृत्य सुन्दरी रमणी का भाव और अधिक बढ़ा रहता है। नृत्य में उस रमणी का सान्निध्य-सुख प्राप्त करने के लिए आवेदनों की झड़ी लगी रहती है। उसके हाथों से गिरे रूमाल उठाने के लिए पुरुषों के शत-शत मुग्ध-हस्त प्रस्तुत रहते हैं। उनका जरा सा काम कर देने के लिए सैकड़ों पुरुष मनसा-वाचा-कर्मणा दिन-रात प्रस्तुत रहते हैं। नोतुन बोउठान, यह तो रूपसियों के बढ़े भाव की बातें थीं। अब जरा मेरे जैसे रूपवान तरुण के प्रसंग पर आते हैं। वॉल-रूम नृत्य में तुम्हारे इस देवर का भी यथोचित सत्कार है। अगर यह कहूँ कि मैं यहाँ के कुछ एक ड्राइंगरूम का डॉर्लिंग बन बैठा हूँ—तो यह बहुत ज्यादा झूठ नहीं होगा। तथापि यह नहीं कह रहा हूँ कि यहाँ की युवतियों ने इतने दिनों में ही मुझे अपने लाड़-प्यार से बिगाड़ दिया है—जबकि निकट भविष्य में ऐसी सम्भावना नहीं है, ऐसी बात भी नहीं कह रहा हूँ।

"नोतुन बोउठान, मैं बिलकुल आश्वस्त हूँ कि ये बातें सुनकर तुम्हारे मन में यहाँ आने का अत्यन्त लोभ होगा। तुम्हारी जैसी श्यामल सुन्दरी का विलायत जैसे रूपमुग्ध देश में आने से यहाँ के हृदय-साम्राज्य में कितनी तोड़-फोड़, हानि हो सकती है वह एक दु:सह करुण रसोद्दीपक मामला बन जाएगा। हे मेरी बहू ठकुरानी, इस देश की ऐसी दशा में तुम्हारे हृदय को

भी खरचे के खाते में लिखना होगा! इस देश में आकर ही समझोगी, यहाँ रूपराशि से बढ़कर दूसरा कोई सिफारिशी पत्र नहीं है। हमारे देश में रूपवतियों का भाग्य नितान्त ही मन्द है। उनका रूप अन्दरमहल (भीतरी प्रकोष्ठ) की चारदीवारी लाँघ ही नहीं पाता। बाहरी जगत में इन रूपों का कोई अधिकार नहीं है, आधिपत्य नहीं है।

"अब, इस देश में मेरी स्थिति के जरा विशद वर्णन पर आया जाए। विलायत में मेरा विशेष परिचय दो सुदर्शना 'मिस' के साथ हुआ है। एक निमंत्रण सभा में ये दोनों रूपसी श्रेष्ठ मिस कैसी तो चुपचाप गम्भीर होकर बैठी थीं। छोटी 'मिस' एक कोच पर टेक लगाकर बैठी थी और बड़ी 'मिस' ने दीवाल के पास की एक चौकी पर अधिकार जमाया। इनकी ऐसी गम्भीरता की वजह शायद यह थी कि मेरे सिवा उस कक्ष में कोई भी युवक नहीं था। तरुण नेत्र उनके रूप और बनाव-शृंगार का जैसा उपभोग कर सकते हैं वैसा तो चश्मा चक्षु नहीं ही कर सकते। जो भी हो मुझसे जितना सम्भव हुआ मैंने मिस द्वय को आमोद में रखते हुए स्वयं को नियुक्त किया। किन्तु दुर्भाग्यवश वार्तालाप-शास्त्र में मैं उतना विलक्षण नहीं हूँ। यहाँ जिसे उज्ज्वल व्यक्तित्व कहते हैं वह भी नहीं हूँ। अनर्गल गप्पें, हँसी-ठट्ठे नहीं आते। हाव-भाव, बातों की ओट से मैं रूपसियों को नहीं बता पाता कि मेरे चकोर-नेत्र उनकी रूप-ज्योत्स्ना और मेरे कर्ण-चातक उनकी धाराप्रवाह बातों का पान कर स्वर्गिक सुख का भोग कर रहे हैं।

"तभी मिस द्वय को एक गीत गाकर सुनाया।

"मेरा गाना मिस ब्रय को अच्छा लगा, ऐसा महसूस हुआ। छोटी मिस ने मुझसे गीत को अंग्रेजी में अनुवाद करके बताने का अनुरोध किया। मैंने अनुवाद किया—बहू ठकुरानी, गीत था—*प्रेम भरी बतियाँ अब ना करो।*"

ठाकुरपो, तुम्हारी इस लम्बी चिट्ठी को पढ़ते-पढ़ते मैं अन्यमनस्क हो गई थी। ऐसा लग रहा था कि तुम जैसे अब वही मेरे सुपरिचित जन नहीं हो। विलायत ने तुम्हें बहुत कुछ बदल दिया है। इस देश लौटकर तुम्हें अब तुम्हारी यह नोतुन बोउठान अच्छी नहीं लगेगी। एक पगली हवा के साथ बदली भरे दिन में तुमने ही मुझसे मेरी आँखों में झाँकते हुए कहा था ठाकुरपो, मेरे आँखों की चाहत भरी बयार तुम्हारे मन को पेंग मारती है। कहा था, मैं हूँ तभी तुम्हारी वाणी में सुर के मुलम्मे लगते हैं। कहा था, मेरे स्पर्श से तुम्हारे हृदय गगन में सुनहरे मेघों की क्रीड़ा होती है। नील नयनवालियों के देश से लौटकर बंगाल की इस साँवली लड़की की आँखों की चाहत, शरीर के स्पर्श में अब क्या तुम्हें कुछ भी प्राप्त होगा? यही सब बातें सोचते-सोचते मैं अन्यमनस्क हो गई थी। छोटी सी उर्मिला कब मेरी आँखों से ओझल हो गई, खयाल ही नहीं किया। वह डगमगाते कदमों से छत के पीछे, लोहे की घुमावदार सीढ़ी से नीचे जा रही थी। सन्तुलन सँभाल न सकी। चक्कर खाते-खाते नीचे जा गिरी। सर में चोट लगी। हठात् नीचे से नौकरों-चाकरों की चीख-पुकार से मेरी तन्द्रा टूटी। मैं दौड़कर

नीचे गई। उर्मिला तब तक शान्त हो चुकी थी। उसकी जरा-सी जान निकलने में ज्यादा समय नहीं लगा। तभी से स्वयं के समक्ष बड़ी अपराधी हो गई हूँ। स्वयं को ही जिम्मेदार ठहराती हूँ। मेरे पाप के कारण ही क्या उर्मिला को मरना पड़ा? ठाकुरपो, तुम्हारे प्रति मेरा यह प्रेम—यह अन्याय है, अन्याय। एक दिन उर्मि को मरना पड़ा। आज मुझे मरना पड़ रहा है। शायद तुम भी कष्ट पाओगे, आजीवन तहस-नहस रहोगे।

मेरे प्राणप्रिय रवि, दिन अभी बाकी है।

दिवसावसान संध्या की ओर अग्रसर है। मेरे जीवन का अन्तिम सूर्यास्त और अन्तिम संध्या है। सुबह से ही लिख रही हूँ। मन के भीतर धीरे-धीरे मेघों का जमावड़ा हो गया है, स्मृतियों की विद्युत इस आँधी-तूफान में कौंध-कौंध जा रही है। याद आ रहा है, दो वर्ष बाद तुम विलायत से लौट आए। मेरी विरह-वेला का अन्त हुआ, आकाश कुसुम चुनने का अन्त हुआ। मेरे जीवन में ज्वार आ गया—तुम्हें पुन: प्राप्त करने के आनन्द का ज्वार! तुम भी तो जैसे गीत-संगीत-कविता में प्रेम का उच्छ्वास होकर लौटे! हम लोग हमारे प्राणों के आनन्द को किसी भी तरह दमन कर नहीं रख पाए। वह आकाश-वातास, लता-गुल्म, दिन के उजाले और रात्रि के अन्धकार में सब जगह प्रस्फुटित हो उठा। जोड़ासाँको की ठाकुरबाड़ी अकस्मात् तुम्हारे-मेरे प्राणों के स्पन्दन से गुंजरित होने लगी। तब तुम उन्नीस वर्ष के थे। और

मैं इक्कीस की। ठाकुरपो, केवल तुम्हीं तो लौटकर नहीं आए थे, मुझे लग रहा था कि तुम अपने साथ मेरे जीवन में लौटा लाए हो वही चाँद, वही छत, वही दक्षिणी बयार। तुम रोज नए-नए गीत लिख रहे थे मेरे ही लिए, मेरी ही प्रेरणा से! दोपहर के समय मेरे पास पलंग पर बैठे-बैठे कितनी ही कविताएँ तुम लिखते—चित्र की तरह वे सारी स्मृतियाँ उभर आई हैं। मन के भीतर क्रमशः विषाद के बादल घनीभूत हो रहे हैं। यही घनीभूत बादल मुझे दूसरी बातें भी याद करवा दे रहे हैं—तुम्हारे लौट आने के बाद तुम्हारा-मेरा एक सघन-गहन-गोपन-भुवन निर्मित हुआ। वह धरा केवल तुम्हारी और मेरी थी, वहाँ दूसरा कोई भी न था, किसी का प्रवेशाधिकार ही नहीं था।

तुम्हारे-मेरे प्रेम का प्रथम स्फुरण एक उपवन के मध्य हुआ था। उस उपवन के गाछ-गाछ पर हमारा प्रेम खिल उठा, पुष्प-पुष्प से हमारे प्राणों की अभिलाषा रंजित होती रही। तुमने उस उपवन को नाम दिया—'नन्दनकानन'। मेरे कमरे के सामने की छोटी छत पर हम दोनों ने मिलकर सँवारा वह उपवन।

हम दोनों ने ही न जाने कितनी संध्या-रात्रि उस नन्दनकानन में काटी हैं। दिन शेष होते ही नहा-धोकर प्रसाधन पूर्ण कर तैयार होकर वहाँ तुम्हारा गाना सुनने के लिए जाती। वहाँ चटाई बिछाती। चटाई पर तकिया रखती। जूड़े में बेली फूल की माला लगाती। तुम्हारी कलाई पर भी बेली फूल की राखी बाँध देती। और बेली फूल की एक गुँथी माला रूपा की बड़ी थाली में भीगे रूमाल से ढककर रख देती। जिस दिन पूर्णिमा होती, उस दिन यह परिवेश

रूप-यौवन के शिखर पर होता! मुझे सब याद आ रहा है। दक्षिणी आकाश से हवा हहा कर उड़ती हुई आती। अचानक गीत गाते-गाते तुम्हारा आविर्भाव होता—मानो देवदूत! और तुम्हारा वह गीत समस्त शून्य और तारे-तारे को आच्छादित कर लेता।

एक दिन अकस्मात तुमने कहा, 'नोतुन बोउठान, केवल गाना सुनने से ही काम नहीं चलेगा, मेरे साथ कंठ मिलाओ।'

मैं तो महाविपद में पड़ गई। संकोच ने मेरा कंठ अवरुद्ध कर दिया। मैंने कहा, 'ठाकुरपो, यह तुम्हारा अनुचित अनुरोध है, तुम्हारे कंठ के साथ कंठ मिलानेवाला कंठ मेरा कहाँ है?' तुमने कहा, 'नोतुन बोउठान, यह मत सोचना कि तुम्हारा गाना मैंने चोरी-छिपे सुना नहीं है। एक बात तुम्हें बताऊँ बोउठान, मेरे गीत तुम्हारी इस पृथ्वी पर और कोई लड़की गा ही नहीं सकती। सुर तो तुम्हारे रक्त में है। सुर तो तुम्हें जन्म से ही मिला है। तुम्हारे पितामह जगनमोहन गंगोपाध्याय राग-संगीत के साधक थे, तुम्हारे कंठ से सुर स्वतः फूट पड़ते हैं—मेरे साथ कंठ मिलाओ, जोड़ासाँको की ठाकुरबाड़ी में संगीत चर्चा का नया युग आरम्भ होगा।'

ठाकुरपो, एकमात्र तुम्हारे लिए ही मैंने गाया था—मेरा प्रेम गा रहा था, मेरा दुलार गा रहा था। मेरे प्राणों में जो भी संगीत था सब तुम्हें दे दिया था। वह गाना कितने दिन हुए बन्द हो गया है। नन्दनकानन का प्राणरस झर गया है। तथापि एक दिन मेरा गाना खत्म होते न होते तुमने जोर से मेरा हाथ अपने हाथों में लिया, अपने वक्षस्थल पर रखते हुए—जैसे अपने प्राणों पर रखा

हो—कहा, धरतीतल पर इस भाषा में केवल तुम ही बोल सकते हो, 'नोतुन बोउठान, अपने कोमल कर-कमलों से / स्पर्श-धन्य कर प्राणों को मेरे।'

सम्पूर्ण मन में विषादमय मेघ खंडों के बीच पुन: बिजली चमक उठी है। ठाकुरपो, फिर से एक पूर्णिमा की रात याद आ गई है, उसी नन्दनकानन की ही। चारों ओर चाँदनी का प्रकाश है। सब तरफ खिले फूलों का मेला। उसी के बीच आकर खड़े हुए तुम—दीर्घांग, बलिष्ठ, सुगठित। तुम्हारे नोतुन दादा अत्यन्त प्रियदर्शी पुरुष हैं। किन्तु तुम्हारे रूप में आग है रवि—वह आग तुम्हारे प्राणों की है, तुम्हारे गानों की है, वह आग सर्वत्र व्याप्त हो जाती है, उसी आग में मैं भस्म हुई हूँ, और भी कितनी नारियाँ तुम्हारे जीवन पथ में इसमें भस्मीभूत होंगी। चाँद के आलोक में नन्दनकानन डूबा हुआ है। तुम वहीं आकर खड़े हुए। ऐसा लगा जैसे पूर्णिमा की देह में भी तुमने आग लगा दी।

उसी आग ने मेरी आँखों में आँखें डाली। उसी आग ने मेरे कन्धे पर हाथ रखा। उसी आग ने अपने हृदय से मुझे लगाकर कहा, 'नोतुन बोउठान, तुमको अपने हृदय की बात बताते हुए आज मैंने एक गीत लिखा है, उसे छायानट रागिनी में साधा है।' वह आग सचमुच गा उठी—पृथ्वी पर सिर्फ मेरे लिए :

तुम ही हो जीवन में मेरे ध्रुवतारा
भवसागर में कभी न होऊँ पथहारा
जहाँ कहीं भी मैं जाता हूँ, तुमको आलोकित पाता हूँ,

आकुल नयनों से ढरकाते हो, सतत सहस्त्र रश्मिधारा!
हर पल महका करती तेरी, मुख मुस्कान मधुर मन में,
क्षण भर को जो छिप जाते हो, व्याकुल हो हेरूँ जग सारा!
पट ओझल कर तुमको, धर-पर कौतुक कोई दिखलाये मन,
सोचूँ मुख कैसे दिखलाऊँ, मर जाऊँ लज्जा का मारा!

रवि, तुम्हारे कंठ से यह गीत मेरी चेतना के अन्तिम मुहूर्त तक मेरा विश्वासहीन, मग्न हृदय सुनता रहेगा। तुम्हें याद है क्या कहा था, कैसे कहा था तुमने मुझे गीत के बोल समझाते हुए? मैंने तुम्हारी आँखों में देखकर, तुम्हारे हृदय स्थल पर सर रखकर, तुम्हारी आग में जलते-जलते विश्वास किया था—रवि, कि सत्य ही मैं तुम्हारे जीवन की ध्रुवतारा हूँ, और कोई डगर तुम्हें पुकारेगी नहीं, पुकारने पर भी तुम्हारा कोई जवाब नहीं मिलेगा उसे, जीवन-सागर में तुम्हें मैं और मुझे तुम कभी खोओगे नहीं। मैंने विश्वास किया था कि तुम जहाँ भी जाओ, जिस किसी के भी साथ रहो, तुम्हारे जीवन में मेरे प्रकाश को अब कोई भी प्रेम कभी भी आच्छन्न नहीं कर सकेगा। मैंने विश्वास कर लिया था ठाकुरपो, कि तुम मेरे दाह को समझते हो, मेरे क्रन्दन की गरिमा एकमात्र तुम्हारे प्रेम के पास है—मेरे नयनजल की आभा शायद सचमुच तुम देख पाते हो। ठाकुरपो, मेरे सहज-सरल प्रेम ने विश्वास कर लिया कि मैं यदि तुम्हारे जीवन से क्षण भर के लिए भी हट जाऊँ तो जीवन-सागर में तुम सचमुच कूल-किनारा खो दोगे। मेरा चेहरा सर्वदा तुम्हारे सम्पूर्ण मन में जगमगाता रहता

है, वहाँ यदि कोई अन्य चेहरा कभी अकस्मात् दिख जाए तो तुम लज्जा से मर जाओगे ठाकुरपो—इन बातों पर मैंने विश्वास कर लिया था।

मैं क्योंकर विश्वास करूँ बताओ कि मात्र कुछ एक महीनों में ही तुम इतना बदल जाओगे कि लिख सकोगे :

यहाँ से जाओ पुरातन।
यहाँ नूतन क्रीड़ा आरम्भ हुई है॥

मेरा हृदय केवल यही कह रहा है कि यह असम्भव है, असम्भव। ठाकुरपो, आज भी तो सावन के काले मेघ अरण्य के ऊपर घिरते हैं, आज भी तो बिजली की कड़क रात का वक्ष चीरती है, आज भी तो हृदय में वारुणी नदी के तरल रव को सुन पाती हूँ, सुनती हूँ मेघ की रिमझिम बारिश में सम्पूर्ण प्रकृति का कजरी गान, आज भी तो तुम्हारी बाँह पर सर रखकर, तुम्हारे साथ पुन: देह-मन से एक हो जाने की इच्छा होती है ठाकुरपो—तथापि मेरा क्षत-विक्षत हृदय केवल कह रहा है, असम्भव, वह असम्भव है! ठाकुरपो, ऐसा क्यों हुआ? क्यों तुमने अपनी बात नहीं रखी? मैंने तो तुम पर पूरा भरोसा किया था रवि!

प्राणप्रिय रवि, तुम विलायत से वापस आए। ठाकुरबाड़ी में गीत-संगीत, आनन्द-सृजन, चिन्तन-मनन का नया युग आ गया। वर्ष 1882 में सत्य ही ठाकुरबाड़ी में सांस्कृतिक नवजागरण घटित

हुआ। और तुम्हारे प्रेम की प्रेरणा से उस समारोह के केन्द्र में आ गई मैं! श्याम गांगुली की तीसरे नम्बर की बेटी। जिसका न तो कोई शिक्षा का गौरव है और न ही कोई रूप का दर्प! रवि, तुमने मुझे प्रेम किया तभी तो तुम्हारा हाथ पकड़कर उस नवजागरण की प्राण-दुहिता के रूप में खड़ी हो सकी। अपने सुर-गीत-कविता-नाटक से तुमने धूम मचा दी—तुम्हारे प्राणों की बाढ़ में समस्त बंगाल गोते खाने लगा। और मैं तुम्हारे अलौकिक सृजन-स्रोत में जलकन्या की भाँति डूबने लगी। लग रहा था सबसे कहूँ, दूर हटो, दूर हटो, दूर हटो। तुमने एक दिन घर के थियेटर मंच के परदे की आड़ में मेरे कानों की लर को धीमे से कुतरकर कहा, 'नोतुन बोउठान, तुम ही आज से बंग महफिल की सम्राज्ञी हो—यही तुम्हारा सुनिश्चित आसन है। समझ लो।'

इतने दिनों तक जो केन्द्र में थीं, जिन्होंने अपनी विलायती शिक्षा-दीक्षा के दर्प में सोच रखा था कि यह उनका ही सुनिश्चित आसन है, वे थीं असली बहू ठकुरानी।

ठाकुरपो, जब ज्ञानदानन्दिनी की आँखों में आग देखी—क्रोध, अभिमान, ईर्ष्या की आग—जो आग पल-पल मेरे ही ऊपर बरसने लगी, उस दिन मुझे डर नहीं लगा, ऐसा नहीं है। ऐसा लग रहा था कि इस घर में यदि कोई मेरा सर्वनाश चाहता है तो वही। तब भी तुम मेरे एकान्त आश्रय थे, मेरा परम विश्वास। मैं भी सबको दिखा देना चाहती थी कि जिस लड़की को उन्होंने कभी ठाकुरबाड़ी की योग्य मर्यादा नहीं दी, जिस लड़की को कदम-कदम पर अपमानित होना पड़ा था, वही लड़की ठाकुरबाड़ी के

'भावना-भुवन' की कुंजी को अपने आँचल में बाँधने में सक्षम हुई है। तुमने मेरा हाथ पकड़ा था तभी अपनी समस्त सामान्यता को पार कर मैं इच्छापूर्ण के सर्वथा अभिनव शिखर पर आरूढ़ हुई थी। तब क्या मैं जानती थी ठाकुरपो कि वास्तव में मैं अपनी विजय-वैजयन्ती को भूसे की ढेर पर स्थापित कर रही हूँ!

तुम्हारे नोतुन दादा ने नया नाटक लिखा—अलीक बाबू। उस नाटक में मुझे एकदम से नायिका की भूमिका का सुअवसर मिला। ज्ञानदानन्दिनी ने बिलकुल ही इसे भली दृष्टि से नहीं देखा। किन्तु उनकी तो अब नायिका होने की उम्र न थी, अस्तु उन्हें नायिका के रूप में मुझे मानना ही पड़ा। अपने प्रिय देवर 'नोतुन' को अवश्य ही उन्होंने मेरे विरुद्ध दो-चार बातें कही होंगी—किन्तु वैसी कोई कार्यसिद्धि उनकी बातों से नहीं हुई।

लेकिन उस नाटक में मेरे प्रेमी—अलीक बाबू—की भूमिका में तुम जो थे! आज चिरकाल के लिए चले जाने के दिन लग रहा है कि वह एक सूक्ष्म फंदा था। और मैंने—केवल मैंने—उस फंदे में पैर डाल दिया था। अपना सर्वनाश मैंने खुद ही बुलाया है ठाकुरपो। तुम लोगों पर, किसी पर भी कभी भी कोई आँच नहीं आएगी।

उस दिन शाम के समय अलीक बाबू नाटक की रिहर्सल हो रही थी। रिहर्सल में स्वयं नाटककार उपस्थित थे। उपस्थित थीं मझली बहू ठकुरानी स्वयं। वे कुर्सी पर बैठी थीं। उनके

ही पैरों के पास, उनके घुटने पर टेक लेकर मेरे पति बैठे थे। उनके बैठने की भंगिमाओं से ही उनकी गहरी अन्तरंगता समझी जा सकती थी।

इस दौरान प्राय: प्रतिदिन ही नाटक की रिहर्सल करते-करते, प्राय: रोज ही तुम्हारी प्रेमिका की भूमिका में अभिनय करते-करते, धीरे-धीरे मैंने भी भूलना शुरू कर दिया कि मैं तुम्हारी नायिका केवल एक शाम के लिए मंच पर हूँ, उससे बाहर सब शून्य है। किसी भी सूरत में वह नहीं हो सकता है—मैंने तो तुम्हारे साथ अभिनय नहीं किया था ठाकुरपो—सत्य ही तो उतने मनुष्यों के समक्ष मंच के ऊपर उस दिन अपने हृदय की वरमाला मैंने तुम्हारे गले में पहना दी थी—पक्के तौर पर अपने सर्वनाश के रास्ते पर उसी दिन मैंने पैर रखा था।

रिहर्सल में मझली बहू ठकुरानी और अपने पति को उस तरह बैठे हुए देखकर दिमाग में आग लग गई। देखा, कि मझली बहू ठकुरानी मेरी ओर बाज पक्षी की तरह ताक रही हैं। तब भी नहीं समझ पाई थी कि मैं उनका शिकार हूँ! सत्य ही तो मेरे मृत्यु का पल निकटतर आता जा रहा है, इसी नाटक के रिहर्सल के दौरान ही मेरे ध्वंस का बीजारोपण हुआ था।

ठाकुरपो, मैंने उस दिन मानो मझली बहू ठकुरानी को ही सुना-सुनाकर, तुम्हारा हाथ पकड़े, तुम्हारी आँखों में सीधे देखकर अपने पति के द्वारा लिखी इन पंक्तियों का उच्चारण किया था :

'मैं जगत के समक्ष, चन्द्र-सूर्य को साक्षी रखकर, मुक्तकंठ से कहूँगी, लाख बार कहूँगी, तुम ही मेरे पति हो, सौ बार कहूँगी,

हजार बार कहूँगी, लाख बार कहूँगी मैं तुम्हारी पत्नी हूँ।'

दूसरे दिन भी रिहर्सल के समय कितनी ही बार ये पंक्तियाँ बोलीं किन्तु उस दिन ऐसी अकुलाहट के साथ कहा था कि तुम भी मेरी ओर देखते रह गए थे—मेरा कथन पूरा होने पर भी। जाने के दिन कहे जाती हूँ कि तुम्हारी वह नीरव आर्तमयी अनझिप नेत्रों की माया भूल नहीं पा रही हूँ।

मैंने मझली बहू ठकुरानी की ओर देखा। उनकी आँखों में कितनी घृणा थी! कितना क्रोध! कितनी ईर्ष्या! मन में आया कि तुम क्या इतनी भयंकर प्रतिकूलता के विरुद्ध मेरा हाथ थामकर खड़े रह पाओगे! वही प्रथम बार मेरे मन में भय व्यापा—मृत्यु-भय।

मझली बहू ठकुरानी रिहर्सल से उठ गईं। कुछ देर बाद तुम्हारे नोतुन दादा भी उठकर चले गए। कुछ दिनों के भीतर ही बाबा मोशाय की ओर से आदेश आया—तुम्हारे मझले दादा सत्येन्द्रनाथ ठाकुर की ओर से भी आदेश आया—तुम्हें दूसरी बार विलायत जाना होगा—बैरिस्टर बनने के लिए! मैं समझ गई, मझली बहू ठकुरानी की अव्यर्थ चाल—मेरे पैरों तले जमीन खिसक गई। बाबा मोशाय का आदेश अर्थात दबा हुंकार! रवि, तुममें ही वह शक्ति कहाँ कि चूँ कर सको!

इस दौरान ठाकुरबाड़ी का परिवेश तेज गति से परिवर्तित होने लगा। गाने-बजाने की सभी सभाएँ मझली बहू ठकुरानी के

घर में होने लगीं। तुम्हारे नोतुन दादा को भी धीरे-धीरे उन्होंने मेरे पास से खींच लिया, अपने आश्रय एवं प्रश्रय में। थियेटर के जगत की ओर ज्योतिरिन्द्रनाथ ने कदम बढ़ाया। उनकी घनिष्ठता अभिनेत्रियों से बढ़ने लगी। ठाकुरबाड़ी के महिला-महल का व्यवहार और भी निष्ठुर हो गया। सिर्फ तुम्हारे प्रेम के जोर से, तुम्हें पास पाने के आनन्द में मैं बची रही।

ऐसी अवस्था में तुम्हें दूसरी बार विलायत भेजने की बात उठी। यही तो दो वर्ष बाद लौटे थे। कितना कष्ट पाया है, दो वर्ष तुम्हें एक बार भी न देखकर। पुन: विच्छेद? एकाकीपन? मन विषाद की पीड़ा? समझ गई, तुम्हें छोड़कर बचे रहना मेरे लिए असम्भव है। वही यंत्रणा एक बार पुन: सहन करने की शक्ति मुझमें नहीं है। तुम्हें ये बातें मैंने बताईं। कितना अनुरोध किया कि ठाकुरपो, मत जाओ। मुझे छोड़कर मत जाओ। तुम्हारे बिना मैं बचूँगी नहीं। तथापि तुम्हें लेकर तुम्हारा जहाज विलायत के रास्ते रवाना हुआ।

मुझे बहुत गुस्सा आया। मुझे अभिभान हुआ। अपमान का अनुभव हुआ। मुझे ऐसा लगा कि तुम्हें प्रेम करके कष्ट पाने की मेरी शक्ति समाप्त हो गई है।

मैंने आत्महत्या की कोशिश की। किन्तु मेरी वह कोशिश व्यर्थ हो गई। सबकी दबी हँसी और करुणा के बीच मैं जीवन में वापस आ गई। किसी का भी यह समझना बाकी न रह गया कि

तुम्हारे बिछोह के कष्ट को सँभाल ना पाकर ही मैंने आत्महत्या की कोशिश की थी।

मेरे लिए जोड़ासाँको की ठाकुरबाड़ी में रहना अब एकदम सम्भव न था। यह बात मेरे पति समझ रहे थे। वे ही मुझे चन्दननगर ले गए मोरान साहब की बागानबाड़ी में। उन्होंने उम्मीद की थी कि शायद वहाँ गंगा की ठंडी हवाएँ मेरा हृदय जुड़ा सकेंगी। जुड़ाया, हृदय जुड़ाया। गंगा की हवाओं से नहीं। जब तुम लौट आए।

विलायत न जाकर, मद्रास में जहाज से उतरकर तुम सीधे चले आए चन्दननगर। ठाकुरपो, तुम्हें पुनः हृदय से लगाकर ऐसा लगा कुछ क्षण के लिए जीवन में पुनः वर्ण-गन्ध वापस लौट आए हैं। उस समय सुनिश्चित तौर पर मैं यह बात भी समझ गई थी कि तुम्हारे इस लौट आने का परिणाम शुभ नहीं होगा। बाबा मोशाय का शासन मुझे तहस-नहस कर देगा। तुम्हारा जीवन भी सुखमय न होगा। बाबा मोशाय अधिकतर समय हिमालय प्रदेश में, ईश्वर ध्यान में मग्न रहते हैं। किन्तु ठाकुरबाड़ी उनके नेपथ्य-शासन में चलती है। उनके विरुद्ध बात करने की हिम्मत किसी में भी नहीं है। यह बात बाड़ी के ईंट-काठ-पत्थर भी भली-भाँति समझते हैं।

मेरे जीवन के सबसे अधिक सुख के कुछ दिन व्यतीत हुए थे तुम्हारे साथ, ठाकुरपो तुम्हारे नीरव संसर्ग में, चन्दननगर में।

तुम्हारे साथ ऐसा मनोवास का कोई सुयोग मुझे जोड़ासाँको की ठाकुरबाड़ी में नहीं मिला था।

याद आ रहा है, उस दिन सुबह से बारिश हो रही थी। तुमने मुझे सुनाने के लिए विद्यापति के पद 'भरा बादर माह भादर' पर सुर बैठाए थे। वर्षा होने से मुखरित जलधारा से आच्छन्न उस दोपहर हम दोनों लोग ही गान-सुर-प्रेम में पागल जैसे हो गए थे। ठाकुरपो, तुम्हें कितना प्रेम किया था, याद है तुम्हें? हम दोनों लोग ही गीत गाते-गाते बागान के पेड़-पौधों के साथ सारी दोपहर भीगते रहे थे। बारिश जैसे बागान को आच्छादित किए हुए थी, ठीक वैसे ही क्या मैंने भी तुम्हें आच्छादित नहीं किया था?

तुम्हें याद आता है? या कि नई दुलहन पाकर सब ही भूल गए हो?

किसी-किसी दिन हम लोग सूर्यास्त के समय नौका लेकर निकल पड़ते थे।

एक दिन तुमने कहा, 'नोतुन बोउठान, देखो, देखो, पश्चिमी आकाश में स्वर्ण-खिलौनों के कारखाने के बिलकुल खाली होकर दिवालिया हो जाने पर पूर्वी छोर से चाँद उठकर आ रहा है।'

मैंने कहा, 'ठाकुरपो, इस क्षण मैं इस पृथ्वी की सबसे अधिक भाग्यवती नारी हूँ। तुम्हारे जैसे पुरुष के साथ ऐसी सुनहरी संध्या में और कौन नारी कब किस युग में ऐसे विहार में गई थी बोलो?'

तुमने कहा, 'भाग्यवान तो मैं हूँ नोतुन बोउठान। थोड़ी ही देर बाद हम लोग बगान के घाट पर लौटकर नदी किनारे छत पर बिछौना लगाकर बैठेंगे—तुम और मैं। तब जल-थल में शुभ्र शान्ति विराजमान होगी। नदी में नौकाएँ प्राय: रहेंगी ही नहीं। अँधेरे में तटवर्ती वनरेखा अत्यन्त गहरी हो जाएगी।'

बात खत्म करके तुम अनेक क्षण मेरी ओर देखते रहे थे। मुझे अचानक लगा था, तुम्हारी-मेरी इच्छाएँ पश्चिमी दिगन्त के सूर्यास्त के रंगों में फैली हुई हैं।

ठाकुरपो, उस दिन के सूर्यास्त के रंगों के साथ आज के सूर्यास्त का कोई मेल नहीं है। आज मेरे जीवन के अन्तिम सूर्यास्त के पश्चात गहन अन्धकार पसरेगा—वह अन्धकार मृत्यु का होगा। उसी अन्धकार में विलीन होकर चन्दननगर की समस्त स्मृतियाँ खो जाएँगी—वही दोनों के कल्पनाओं का राज्य, वे मृदु हृदय की बातें, अथवा दोनों का बिना कुछ कहे केवल नीरव बैठे रहना, वे भोर बेला की हवाएँ, संध्या समय की गंगा, नदी के ऊपर वे घनघोर वृष्टि के मेघ, तुम्हारे कंठ से विद्यापति के गीत—सब कुछ मृत्यु के गहन अन्धकार में विलीन हो जाएगा।

रवि, यदि मेरी मृत्यु के कई वर्ष उपरान्त तुम कभी चन्दननगर के उस घर में वापस जाओ! यदि जाकर देखो, बिना मरम्मत की दशा में वह बाड़ी ढहकर और वनों-जंगलों से ढक गई है! उस दिन भी हो सकता है पहली वृष्टि हुई हो, उस दिन भी शायद

मेघ की छाया नदी के ऊपर लहरों के संग क्रीड़ा करते-करती तैर रही हो, तुम्हें क्या तब भी मेरे दो नैनों की याद आएगी, तुम्हारे मन में उस दिन भी क्या विद्यापति का पद कौंध जाएगा, 'एइ भरा बादर, माह भादर शून्य मन्दिर मोर?'

ठाकुरपो, क्या सब पागलों की तरह बक रही हूँ है न? क्या करूँ, मेरा मन तो बिलकुल ही शिथिल हो गया है। —और नहीं लिख पा रही हूँ ठाकुरपो।

थोड़ी देर पहले ही मैंने एक-एक करके सारा ही खा लिया है। बहुत दिनों से इकट्ठा की गई सारी अफीम की गोलियाँ। अब मेरे लिए लौट आना सम्भव नहीं है। सचमुच जा रही हूँ।

मोरान साहब की बागान बाड़ी के रंगीन शीशों पर की वह तसवीर याद आ रही है—पुरुष और नारी, दोनों निर्जन निकुंज में झूले पर झूलते। तुमने कहा था, नोतुन बोउठान देखो, बिलकुल तुम और मैं!

चन्दननगर की बाड़ी की छत वाला वह निर्जन गोल कमरा याद

आ रहा है। उस कमरे को मैंने अपने हाथों से तुम्हारे लिए सजाया था। तुमने कहा था, 'यह मेरी कविता का कक्ष है। लिखूँगा मैं, सुनोगी तुम।'

उसके बाद तुम्हें न जाने क्या हुआ। मेरे एकदम निकट आकर खड़े हो गए।

मैं धीमे से तुम्हारे वक्ष में चेहरा छुपाकर बाकी सब कुछ भुला बैठी।

तुमने कितने गहरे गले से कहा था :

अनन्त इस आकाश की गोद में
अस्थिर मेघों के बीच
यहीं बनाया अपना नीड़
मेरी कविता, तेरे निमित्त।

ठाकुरपो, उस दिन क्या सचमुच तुम्हें लगा था कि मैं ही तुम्हारी कविता हूँ? तुम्हारे हृदय में जो काव्य-कक्ष है, वह मेरा ही कक्ष है—और किसी का नहीं! ठाकुरपो, कभी भी वह कक्ष मैं और किसी लड़की के लिए छोड़ नहीं पाऊँगी, किसी कीमत पर नहीं।

चन्दननगर से हम लोग कोलकाता वापस आए। जोड़ासाँको की

ठाकुरबाड़ी हम दोनों के लिए ही मानो इन कुछ दिनों में बदल सी गई हो। केवल दबी फुसफुसाहट, टेढ़ी नजर। विशेषकर मेरे लिए जोड़ासाँको की बाड़ी असहनीय हो उठी। इसी दौरान तुमने 'भारती' पत्रिका में वह मारक रचना लिखी :

वह खिड़की का किनारा याद आता है,
उस उपवन के पौधे याद आते हैं
वह अश्रुजल-सिक्त मेरे प्राणों के भाव सब याद आते हैं।
और एक जन जो मेरे पास खड़े थे,
उनकी याद आती है।
वह जो मेरी कॉपी में मेरी कविता के पीछे काट-कूट दिए थे,
जिसे देख मेरी आँखें भर आती हैं
उसी ने तो यथार्थ कविता लिखी थी।

इस रचना के प्रकाशित होने के बाद ही, मैं बिलकुल निश्चिन्त हो गई थी कि मेरे बचने का अब कोई रास्ता नहीं है—तुमने ही वे रास्ते बन्द कर दिए।

इसके बाद ही बाबा मोशाय ने तुम्हें मसूरी बुला लिया। बोले, तुम्हें अविलम्ब विवाह करना होगा। तुमने सर झुकाकर वह अमोघ आदेश स्वीकार कर लिया। ठाकुरपो चूँ करने का भी तुममें साहस न हुआ। या कि तुम भी मन ही मन विवाह कर लेना चाह रहे थे। जो भी हो, तुम्हारे लिए लड़की देखने का पर्व शुरू हुआ। और कहाँ? वही जस्सोर!

ठाकुरपो, कठिनतम आदेश मेरे लिए बचाकर रखा गया था। तुम्हारे लिए लड़की देखने का दायित्व मुझ पर आ पड़ा! और साथ में रहना था तुम्हें! बाबा मोशाय, स्वयं देवेन्द्रनाथ ठाकुर ने यह मृत्युदंड क्या अनायास ही मुझे दिया था! मेरी मृत्यु घटित हुई थी जस्सोर में ही।

दक्षिणडीही, चेंगुटिया कितनी जगहों से न जाने कितनी लड़कियों के रिश्ते आते। दौड़कर जाती। कभी-कभी तुम भी साथ रहते। तुम्हारा इतना भावहीन चेहरा मैंने कभी नहीं देखा ठाकुरपो। तुम्हारा भाव ऐसा रहता कि जिस लड़की को मैं पसन्द करूँगी तुम उसी से विवाह करने के लिए प्रस्तुत हो। मैं तुम्हारे चेहरे पर पसन्द-नापसन्द का बिन्दु मात्र आभास नहीं पाती। कई लड़कियाँ देखी गईं। मुझे तो कोई भी पसन्द नहीं आई। मैंने सोचा, शायद कुछ दिनों के लिए तुम्हारा विवाह टल गया। अचानक छाती से जैसे कोई भारी पत्थर हट गया हो। भीतर ही भीतर कैसी तो पुलक जगी ठाकुरपो, तुहें समझा नहीं पाऊँगी। तुमसे कहा था ठाकुरपो कि इस वर्ष जस्सोर में सुन्दर लड़कियों का अकाल पड़ गया है। अब कर ही क्या सकते हो बोलो? मन दुखी मत करो। तुम्हारा विवाह इस वर्ष तो नहीं हो रहा ऐसा लग रहा है। मेरी वे आह्लादित बातें तुम्हें याद हैं ठाकुरपो?

मझली बहू ठकुरानी ने बिना बादल अचानक बिजली गिराई। उन्होंने कहा, रवि का विवाह इस वर्ष ही होगा। कोई नहीं मिलता

तो हमारी कचहरी के कर्मचारी बेनी राय की लड़की भवतारिणी के साथ ही रवि का विवाह कर दूँगी। जस्सोर के फलतलि ग्राम की लड़की है भवतारिणी। मझली बहू ठाकुरानी ने कहा, हाथ के पास जस्सोर की लड़की रहते हुए भी हम क्यों चारों ओर ढूँढ़-ढूँढ़कर मर रहे हैं। ठाकुरबाड़ी की अधिकांश बहुएँ ही तो जस्सोर की लड़कियाँ हैं। —वह लड़की, अच्छी लड़की ही होगी। यह बात कहते हुए मझली बहू ठकुरानी मेरी ओर ताकती रही थीं। उनका वह ताकना जीवन के इस अन्तिम दिन भी भूल नहीं पा रही हूँ ठाकुरपो।

छाती पर फिर वही भारी पत्थर आकर जम गया। साँस जैसे अटक-सी गई। एक फूँक से ही मेरा वह आह्लादित भाव बुझ गया। ऐसा लगा, बच निकलने का अब एक भी रास्ता मेरे लिए नहीं है। उसी क्षण अमोघ नियति ने मुझे मृत्यु की ओर ढकेल दिया। पचीस वर्ष की उम्र में मरने की इच्छा नहीं हो रही है ठाकुरपो। किन्तु बचूँगी भी क्यों? किसलिए? किसको प्रेम करके?

बेनी राय की नौ वर्षीय लड़की के साथ तुम्हारा विवाह ठीक होते ही मैं बहुत दिनों के लिए बीमार पड़ गई। डॉक्टर भगवत के जिम्मे मेरी चिकित्सा का भार था। डॉक्टर ने सोचा। सारी गड़बड़ी मेरे शरीर में है। मुझे श्वास कष्ट क्यों है। मेरा शरीर

क्रमशः दुबला और दुर्बल क्यों होता जा रहा है। मुझे खाने की इच्छा क्यों नहीं होती। मैं हरदम विषाद से ग्रस्त क्यों रहती हूँ। इस अस्वस्थता के वास्तविक कारण को डॉक्टर भगवत कभी भी रेखांकित न कर सके। केवल दवाइयों पर दवाइयाँ लिखते रहे। किसी को पता भी नहीं चला कि मैंने उन सब दवाइयों को नाली में फेंक दिया है।

पुनः आँखों के सामने तुम्हारा वैवाहिक आयोजन चलने लगा। ठाकुरबाड़ी की और सब लड़कियों-बहुओं के साथ मुझे भी तुम्हारे वैवाहिक आयोजन में शामिल होना पड़ा। तुम्हारी दुलहन के लिए साड़ी-गहने पसन्द करने के समय भी मझली बहू ठकुरानी ने मुझे बुलाया। मैं मर-मर कर भी सभी दायित्वों का निर्वाह करने लगी।

इसके पश्चात एक दिन संध्या समय तुम मेरे कमरे में आए जैसे एक समय रोज आया करते थे। अपनी नई कविता पढ़कर मुझे सुनाने, नए गीत गाकर सुनाने। उस दिन संध्या समय तुमने एक चिट्ठी मेरे हाथों में दी। खोलकर देखती हूँ कि एक अभिनव निमंत्रण-पत्र—तुमने स्वयं ही लिखा है :

"आगामी रविवार, दिनांक 24 अगहन, शुभ दिन शुभ लग्न में मेरे परम आत्मीय श्रीमान रवीन्द्रनाथ ठाकुर का शुभ विवाह होगा।

आप इस उपलक्ष्य में संध्या समय उस दिन, 6 नं. जोड़ासाँको स्थित देवेन्द्रनाथ ठाकुर के भवन में उपस्थित रहकर, विवाहादि अनुष्ठानों में सम्मिलित होकर मुझे और मेरे सभी आत्मीय जनों को कृतार्थ करें।

इति, अनुगत श्री रवीन्द्रनाथ ठाकुर"

चिट्ठी को पहली बार पढ़ते ही मेरा सर चकराने लगा। मैं पलंग पर बैठ गई। तत्पश्चात आँखें भर आईं। दूसरी बार पढ़ने के बाद किसी भी तरह रुलाई रोक नहीं पाई। वह रोना गहरी पीड़ा का था, तब भी उस रोने में जैसे तनिक क्लान्त आनन्द मिल गया। मैंने कहा, ठाकुरपो, अपने विवाह को लेकर ऐसा भयानक क्रूर मजाक कोई कर सकता है!

तुम पलंग के निकट बढ़ आए; मुझे खींचकर अपने हृदय से लगा लिया। मेरे निःशब्द विलाप से तुम्हारा वक्षस्थल भीग गया। उसके बाद तुम बिना कुछ कहे मेरे कमरे से बाहर चले गए। इसके बाद और किसी भी दिन मेरे कमरे में नहीं आए। 6 दिसम्बर, 1883 को तुम्हारा विवाह हो गया—आज से चार महीने पूर्व। मेरे प्राणप्रिय ठाकुरपो, तुम्हारे नोतुन बोउठान के दिन पूरे हो गए। उसके जीवन का अन्तिम दिन है। और मेरे पास समय नहीं है। सर घूम रहा है। आँखें मुँदी जा रही हैं। दृष्टि

धीरे-धीरे धुँधली होती जा रही है। छाती पसीने से तर हो गई है। हाथ-पैर ठंडे जो पड़ रहे हैं।

मैंने दरवाजा बन्द कर दिया है। मैंने मेज पर अपना सिलाई का बक्सा सजाकर रख दिया है।

मैंने खिड़की के पासवाले फूलगाछ के गमले में अन्तिम बार की तरह जल डाल दिया है।

मैं अपना नाम लिखा हुआ हाथ पंखा—उसे तकिये के ऊपर रखे जा रही हूँ।

कहानियों की किताब, जिसे कुछ दिनों से पढ़ रही थी, खत्म नहीं कर पाई, बीच के पन्ने में एक बालों का काँटा खोंस दे रही हूँ—वहीं जो ठहरना पड़ा।

और तुम्हारे-मेरे सारे पत्र, सभी मेज़ पर फैला दिए गए हैं—अब तो कुछ छिपाने का नहीं है।

ठाकुरपो, उन्हें भी मेरे साथ चिता पर जल जाने देना।

कोई भी प्रमाण मत रखना ठाकुरपो—कोई भी प्रमाण मत रखना हमारे सम्बन्धों का।

ठाकुरपो, अब लगभग कुछ भी दिखाई नहीं दे रहा है। तब भी लिखे जा रही हूँ—मेरी मृत्यु के लिए कोई भी जिम्मेदार नहीं है।

जिम्मेदार नहीं हैं बाबा मोशाय, स्वयं देवेन्द्रनाथ ठाकुर, जिन्होंने जबरदस्ती तुम्हारा विवाह कराकर तुम्हें मुझसे छीन लिया।

जिम्मेदार नहीं हैं मेरी मझली जिठानी ज्ञानदानन्दिनी जो कभी भी मुझे तुम्हारे नोतुन दादा की योग्य पत्नी नहीं समझ पाईं। इतना भी सम्मान नहीं दे पाईं।

जिम्मेदार नहीं हैं तुम्हारे नोतुन दादा ज्योतिरिन्द्रनाथ जिनकी जैकेट के पॉकेट में मुझे एक विख्यात नटी का प्रेमपत्र मिला। उस प्रेमपत्र में नीचे कोई नाम नहीं था।

ठाकुरपो, तुम भी नहीं हो जिम्मेदार—तुम्हारे जीवन में नूतन खेल का आरम्भ हुआ है। जगह तो छोड़नी ही होगी पुरातन को। तुमने ही तो लिखा है ठाकुरपो—

ढक लो ढक लो अपना मुख
ले जाओ जितने भी सुख-दुख
यहाँ आलोक नहीं, अन्तर प्रकाश की चाह करो
शनैः शनैः तम नीरव में तव पाँव धरो।

वैसा ही ठाकुरपो, अन्धकार में ही मैं विलीन हो जाऊँगी। किन्तु तुम जिम्मेदार नहीं हो किसी भी तरह।

ठाकुरपो, मेरी मृत्यु के लिए जिम्मेदार है मेरी अमोघ निर्बाध नियति। पाप जिसे बिद्ध नहीं कर सकता। पुण्य जिसे बदल नहीं सकता।

'मुझे याद रखना रवि', इतनी सी बात कहने की स्पर्धा भी मेरी नहीं है। मेरा सर्वस्व चला गया रे, सर्वस्व चला गया।

रवि—केवल प्रेम ही नहीं गया। आज भी तुमसे अत्यन्त प्रेम करती हूँ। इतना सा विश्वास करना।

—तुम्हारी नोतुन बोउठान